Machado de Assis

MISSA DO GALO

seguido dos contos:

O ESPELHO
A CARTOMANTE
O CASO DA VARA
PAI CONTRA MÃE
CAPÍTULO DOS CHAPÉUS

www.lpm.com.br
L&PM POCKET

COLEÇÃO 64 PÁGINAS

Coleção **L&PM** POCKET, vol. 1020

Texto de acordo com a nova ortografia.
Estes contos foram publicados em edição comentada no v. 108 da Coleção **L&PM** POCKET
Esta edição na Coleção **L&PM** POCKET: fevereiro de 2012
Esta reimpressão: dezembro de 2012

Capa: Ivan Pinheiro Machado. *Foto*: Retrato de Machado de Assis
Revisão: L&PM Editores

CIP-Brasil. Catalogação na Fonte
Sindicato Nacional dos Editores de Livros, RJ

A866m

Assis, Machado de, 1839-1908
Missa do Galo / seguido dos contos / O espelho /... / Machado de Assis. – Porto Alegre, RS: L&PM, 2012.
64p. (Coleção L&PM POCKET, v. 1020)

ISBN 978-85-254-2573-7

1. Conto brasileiro. I. Título. II. Série.

12-0146. CDD: 869.93
CDU: 821.134.3(81)-3

Rua Comendador Coruja, 314, loja 9 – Floresta – 90.220-180
Porto Alegre – RS – Brasil / Fone: 51.3225.5777 – Fax: 51.3221.5380

Pedidos & Depto. Comercial: vendas@lpm.com.br
Fale conosco: info@lpm.com.br
www.lpm.com.br

Impresso na Gráfica e Editora Pallotti, Santa Maria, RS, Brasil
Primavera de 2012

Sumário

Missa do Galo

Nunca pude entender a conversação que tive com uma senhora, há muitos anos, contava eu dezessete, ela trinta. Era noite de Natal. Havendo ajustado com um vizinho irmos à missa do galo, preferi não dormir; combinei que eu iria acordá-lo à meia-noite.

A casa em que eu estava hospedado era a do escrivão Meneses que fora casado, em primeiras núpcias, com uma de minhas primas. A segunda mulher, Conceição, e a mãe desta acolheram-me bem, quando vim de Mangaratiba para o Rio de Janeiro, meses antes, a estudar preparatórios. Vivia tranquilo, naquela casa assobradada da Rua do Senado, com os meus livros, poucas relações, alguns passeios. A família era pequena, o escrivão, a mulher, a sogra e duas escravas. Costumes velhos. Às dez horas da noite toda a gente estava nos quartos; às dez e meia a casa dormia. Nunca tinha ido ao teatro, e mais de uma vez, ouvindo dizer ao Meneses que ia ao teatro, pedi-lhe que me levasse consigo. Nessas ocasiões, a sogra fazia uma careta, e as escravas riam à socapa; ele não respondia, vestia-se, saía e só tornava na manhã seguinte. Mais tarde é que eu soube que o teatro era um eufemismo em ação. Meneses trazia amores com uma senhora, separada do marido, e dormia fora de casa uma vez por semana. Conceição padecera, a princípio, com a existência da comborça; mas, afinal, resignara-se, acostumara-se, e acabou achando que era muito direito.

Boa Conceição! Chamavam-lhe "a santa", e fazia jus ao título, tão facilmente suportava os esquecimentos do marido. Em verdade, era um temperamento moderado, sem extremos, nem grandes lágrimas, nem grandes risos. No capítulo de que trato, dava para maometana; aceitaria um harém, com as aparências salvas. Deus me perdoe, se a julgo mal. Tudo nela era atenuado e passivo. O próprio rosto era mediano, nem bonito nem feio. Era o que chamamos uma pessoa simpática. Não dizia mal de ninguém, perdoava tudo. Não sabia odiar; pode ser até que não soubesse amar.

Naquela noite de Natal foi o escrivão ao teatro. Era pelos anos de 1861 ou 1862. Eu já devia estar em Mangaratiba, em férias, mas fiquei até o Natal para ver "a Missa do Galo na Corte". A família recolheu-se à hora do costume; eu meti-me na sala da frente, vestido e pronto. Dali passaria ao corredor da entrada e sairia sem acordar ninguém. Tinha três chaves a porta; uma estava com o escrivão, eu levaria outra, a terceira ficava em casa.

– Mas, Sr. Nogueira, que fará você todo esse tempo? – perguntou-me a mãe de Conceição.

– Leio, D. Inácia.

Tinha comigo um romance, *Os três mosqueteiros,* velha tradução creio do *Jornal do Comércio.* Sentei-me à mesa que havia no centro da sala, e, à luz de um candeeiro de querosene, enquanto a casa dormia, trepei ainda uma vez ao cavalo magro de D'Artagnan e fui-me às aventuras. Dentro em pouco estava completamente ébrio de Dumas. Os minutos voavam, ao contrário do que costumam fazer, quando são de espera; ouvi bater onze horas, mas quase sem dar por elas, um acaso. Entretanto, um pequeno rumor que ouvi dentro veio acordar-me da leitura. Eram uns passos no corredor que ia da sala de visitas à de jantar; levantei a cabeça; logo depois vi assomar à porta da sala o vulto de Conceição.

– Ainda não foi? – perguntou ela.

– Não fui, parece que ainda não é meia-noite.

– Que paciência!

Conceição entrou na sala, arrastando as chinelinhas da alcova. Vestia um roupão branco, mal-apanhado na cintura. Sendo magra, tinha um ar de visão romântica, não disparatada com o meu livro de aventuras. Fechei o livro; ela foi sentar-se na cadeira que ficava defronte de mim, perto do canapé. Como eu lhe perguntasse se a havia acordado, sem querer, fazendo barulho, respondeu com presteza.

– Não! qual! Acordei por acordar.

Fitei-a um pouco e duvidei da afirmativa. Os olhos não eram de pessoa que acabasse de dormir; pareciam não ter ainda pegado no sono. Essa observação, porém, que valeria alguma coisa em outro espírito, depressa a botei fora, sem advertir que talvez não dormisse justamente por minha causa, e mentisse para não me afligir ou aborrecer. Já disse que ela era boa, muito boa.

– Mas a hora já há de estar próxima – disse eu.

– Que paciência a sua de esperar acordado, enquanto o vizinho dorme! E esperar sozinho! Não tem medo de almas do outro mundo? Eu cuidei que se assustasse quando me viu.

– Quando ouvi os passos estranhei: mas a senhora apareceu logo.

– Que é que estava lendo? Não diga, já sei, é o romance dos *Mosqueteiros*.

– Justamente: é muito bonito.

– Gosta de romances?

– Gosto.

– Já leu a *Moreninha*?

– Do Dr. Macedo? Tenho lá em Mangaratiba.

– Eu gosto muito de romances, mas leio pouco, por falta de tempo. Que romances é que você tem lido?

Comecei a dizer-lhe os nomes de alguns. Conceição ouvia-me com a cabeça reclinada no espaldar, enfiando os olhos por entre as pálpebras meio cerradas, sem os tirar de mim. De vez em quando passava a língua pelos beiços, para umedecê-los. Quando acabei de falar, não me disse nada; ficamos assim alguns segundos. Em seguida, vi-a endireitar a cabeça, cruzar os dedos e sobre eles pousar o queixo, tendo os cotovelos nos braços da cadeira, tudo sem desviar de mim os grandes olhos espertos.

"Talvez esteja aborrecida", pensei eu.

E logo alto:

– D. Conceição, creio que vão sendo horas, e eu...

– Não, não, ainda é cedo. Vi agora mesmo o relógio, são onze e meia. Tem tempo. Você, perdendo a noite, é capaz de não dormir de dia?

– Já tenho feito isso.

– Eu, não, perdendo uma noite, no outro dia estou que não posso, e, meia hora que seja, hei de passar pelo sono. Mas também estou ficando velha.

– Que velha o quê, D. Conceição?

Tal foi o calor da minha palavra que a fez sorrir. De costume tinha os gestos demorados e as atitudes tranquilas; agora, porém, ergueu-se rapidamente, passou para o outro lado da sala e deu alguns passos, entre a janela da rua e a porta do gabinete do marido. Assim, com o desalinho honesto que trazia, dava-me uma impressão singular. Magra embora, tinha não sei que balanço no andar, como quem lhe custa levar o corpo; essa feição nunca me pareceu tão distinta como naquela noite. Parava algumas vezes, examinando um trecho de cortina ou concertando a posição de algum objeto no aparador; afinal deteve-se, ante mim, com a mesa de permeio. Estreito era o círculo das suas ideias; tornou ao espanto de me ver esperar acordado; eu repeti-lhe o que ela sabia, isto é, que nunca ouvira Missa do Galo na Corte, e não queria perdê-la.

– É a mesma missa da roça; todas as missas se parecem.

– Acredito; mas aqui há de haver mais luxo e mais gente também. Olhe, a semana santa na Corte é mais bonita que na roça. São João não digo, nem Santo Antônio...

Pouco a pouco, tinha-se reclinado; fincara os cotovelos no mármore da mesa e metera o rosto entre as mãos espalmadas. Não estando abotoadas as mangas, caíram naturalmente, e eu vi-lhe metade dos braços, muito claros, e menos magros do que se poderiam supor. A vista não era nova para mim, posto também não fosse comum; naquele momento, porém, a impressão que tive foi grande. As veias eram tão azuis, que, apesar da pouca claridade, podia contá-las do meu lugar. A presença de Conceição espertara-me ainda mais que o livro. Continuei a dizer o que pensava das festas da roça e da cidade, e de outras coisas que me iam vindo à boca. Falava emendando os assuntos, sem saber por quê, variando deles ou tornando aos primeiros, e rindo para fazê-la sorrir e ver-lhe os dentes que luziam de brancos, todos iguaizinhos. Os olhos dela não eram bem negros, mas escuros; o nariz, seco e longo, um tantinho curvo, dava-lhe ao rosto um ar interrogativo. Quando eu alteava um pouco a voz, ela reprimia-me:

– Mais baixo! mamãe pode acordar.

E não saía daquela posição, que me enchia de gosto, tão perto ficavam as nossas caras. Realmente, não era preciso falar alto para ser ouvido: cochichávamos os dois, eu mais que ela, porque falava mais; ela, às vezes, ficava séria, muito séria, com a testa um pouco franzida. Afinal, cansou; trocou de atitude e de lugar. Deu volta à mesa e veio sentar-se do meu lado, no canapé. Voltei-me, e pude ver, a furto, o bico das chinelas; mas foi só o tempo que ela gastou em sentar-se, o roupão era comprido e cobriu-as logo. Recordo-me que eram pretas. Conceição disse baixinho:

– Mamãe está longe, mas tem o sono muito leve; se acordasse agora, coitada, tão cedo não pegava no sono.

– Eu também sou assim.

– O quê? – perguntou ela inclinando o corpo, para ouvir melhor.

Fui sentar-me na cadeira que ficava ao lado do canapé e repeti-lhe a palavra. Riu-se da coincidência; também ela tinha o sono leve; éramos três sonos leves.

– Há ocasiões em que sou como mamãe; acordando, custa-me dormir outra vez, rolo na cama, à toa, levanto-me, acendo vela, passeio, torno a deitar-me e nada.

– Foi o que lhe aconteceu hoje.

– Não, não – atalhou ela.

Não entendi a negativa; ela pode ser que também não a entendesse. Pegou das pontas do cinto e bateu com elas sobre os joelhos, isto é, o joelho direito, porque acabava de cruzar as pernas. Depois referiu uma história de sonhos, e afirmou-me que só tivera um pesadelo, em criança. Quis saber se eu os tinha. A conversa reatou-se assim lentamente, longamente, sem que eu desse pela hora nem pela missa. Quando eu acabava uma narração ou uma explicação, ela inventava outra pergunta ou outra matéria, e eu pegava novamente na palavra. De quando em quando, reprimia-me:

– Mais baixo, mais baixo...

Havia também umas pausas. Duas outras vezes, pareceu-me que a via dormir; mas os olhos, cerrados por um instante, abriam-se logo sem sono nem fadiga, como se ela os houvesse fechado para ver melhor. Uma dessas vezes creio que deu por mim embebido na sua pessoa, e lembra-me que os tornou a fechar, não sei se apressada ou vagarosamente. Há impressões dessa noite, que me aparecem truncadas ou confusas. Contradigo-me, atrapalho-me. Uma das que ainda tenho frescas é que, em certa ocasião, ela, que era apenas simpática, ficou linda, ficou lindíssima. Estava de pé, os braços cruzados; eu, em respeito a ela, quis levantar-me; não consentiu, pôs uma das mãos no meu ombro, e obrigou-me a estar sentado. Cuidei que ia dizer alguma coisa; mas estremeceu, como se tivesse um arrepio de frio, voltou as costas e foi sentar-se na cadeira, onde me achara lendo. Dali relanceou a vista pelo espelho, que ficava por cima do canapé, falou de duas gravuras que pendiam da parede.

– Estes quadros estão ficando velhos. Já pedi a Chiquinho para comprar outros.

Chiquinho era o marido. Os quadros falavam do principal negócio deste homem. Um representava "Cleópatra"; não me recordo o assunto do outro, mas eram mulheres. Vulgares ambos; naquele tempo não me pareciam feios.

– São bonitos – disse eu.

– Bonitos são, mas estão manchados. E depois, francamente, eu preferia duas imagens, duas santas. Estas são mais próprias para sala de rapaz ou de barbeiro.

– De barbeiro? A senhora nunca foi a casa de barbeiro.

– Mas imagino que os fregueses, enquanto esperam, falam de moças e namoros, e naturalmente o dono da casa alegra a vista deles com figuras bonitas. Em casa de família é que não acho próprio. É o que eu penso; mas eu penso muita coisa assim esquisita. Seja o que for, não gosto dos quadros. Eu tenho uma Nossa Senhora da Conceição, minha madrinha, muito bonita, mas é de escultura, não se pode pôr na parede, nem eu quero. Está no meu oratório.

A ideia do oratório trouxe-me a da missa, lembrou-me que podia ser tarde e quis dizê-lo. Penso que cheguei a abrir a boca, mas logo a fechei para ouvir o que ela contava, com doçura, com graça, com tal moleza que trazia preguiça à minha alma e fazia esquecer a missa e a igreja. Falava das suas devoções de menina e moça. Em seguida referia umas anedotas de baile, uns casos de passeio, reminiscências de Paquetá, tudo de mistura, quase sem interrupção. Quando cansou do passado, falou do presente, dos negócios da casa, das canseiras de família, que lhe diziam ser muitas, antes de casar, mas não eram nada. Não me contou, mas eu sabia que casara aos vinte e sete anos.

Já agora não trocava de lugar, como a princípio, e quase não saíra da mesma atitude. Não tinha os grandes olhos compridos, e entrou a olhar à toa para as paredes.

– Precisamos mudar o papel da sala – disse daí a pouco, como se falasse consigo.

Concordei, para dizer alguma coisa, para sair da espécie de sono magnético, ou o que quer que era que me tolhia a língua e os sentidos. Queria e não queria acabar a conversação; fazia esforço para arredar os olhos dela, e arredava-os por um sentimento de respeito; mas a ideia de parecer que era aborrecimento, quando não era, levava-me os olhos outra vez para Conceição. A conversa ia morrendo. Na rua, o silêncio era completo.

Chegamos a ficar por algum tempo – não posso dizer quanto – inteiramente calados. O rumor único e escasso era um roer de camundongo no gabinete, que me acordou daquela espécie de sonolência, quis falar dele, mas não achei modo. Conceição parecia estar devaneando. Subitamente, ouvi uma pancada na janela, do lado de fora, e uma voz que bradava: "Missa do Galo! Missa do Galo!"

– Aí está o companheiro – disse ela levantando-se. – Tem graça; você é que ficou de ir acordá-lo, ele é que vem acordar você. Vá, que hão de ser horas; adeus.

– Já serão horas? – perguntei.

– Naturalmente.

– Missa do Galo! – repetiram de fora, batendo.

– Vá, vá, não se faça esperar. A culpa foi minha. Adeus, até amanhã.

E, com o mesmo balanço do corpo, Conceição enfiou pelo corredor dentro, pisando mansinho. Saí à rua e achei o vizinho que esperava. Guiamos dali para a igreja. Durante a missa, a figura de Conceição interpôs-se mais de uma vez, entre mim e o padre; fique isto à conta dos meus dezessete anos. Na manhã seguinte, ao almoço, falei da Missa do Galo e da gente que estava na igreja sem excitar a curiosidade de

Conceição. Durante o dia, achei-a como sempre, natural, benigna, sem nada que fizesse lembrar a conversação da véspera. Pelo Ano-Bom fui para Mangaratiba. Quando tornei ao Rio de Janeiro em março, o escrivão tinha morrido de apoplexia. Conceição morava no Engenho Novo, mas nem a visitei nem a encontrei. Ouvi mais tarde que casara com o escrevente juramentado do marido.

O ESPELHO

ESBOÇO DE UMA NOVA TEORIA DA ALMA HUMANA

Quatro ou cinco cavalheiros debatiam, uma noite, várias questões de alta transcendência, sem que a disparidade dos votos trouxesse a menor alteração aos espíritos. A casa ficava no morro de Santa Teresa, a sala era pequena, alumiada a velas, cuja luz fundia-se misteriosamente com o luar que vinha de fora. Entre a cidade, com as suas agitações e aventuras, e o céu, em que as estrelas pestanejavam, através de uma atmosfera límpida e sossegada, estavam os nossos quatro ou cinco investigadores de coisas metafísicas, resolvendo amigavelmente os mais árduos problemas do universo.

Por que quatro ou cinco? Rigorosamente eram quatro os que falavam; mas, além deles, havia na sala um quinto personagem, calado, pensando, cochilando, cuja espórtula no debate não passava de um ou outro resmungo de aprovação. Esse homem tinha a mesma idade dos companheiros, entre quarenta e cinquenta anos, era provinciano, capitalista, inteligente, não sem instrução, e, ao que parece, astuto e cáustico. Não discutia nunca; e defendia-se da abstenção com um paradoxo, dizendo que a discussão é a forma polida do instinto batalhador, que jaz no homem, como uma herança bestial; e acrescentava que os serafins e os querubins não controvertiam nada, e, aliás, eram a perfeição espiritual e eterna. Como desse esta mesma resposta naquela noite, contestou-lha um dos presentes, e desafiou-o a demonstrar o que dizia, se era capaz. Jacobina (assim se chamava ele) refletiu um instante, e respondeu:

– Pensando bem, talvez o senhor tenha razão.

Vai senão quando, no meio da noite, sucedeu que este casmurro usou da palavra, e não dois ou três minutos, mas trinta ou quarenta. A conversa, em seus meandros, veio a cair na natureza da alma, ponto que dividiu radicalmente os quatro amigos. Cada cabeça, cada sentença; não só o acordo, mas a mesma discussão, tornou-se difícil senão impossível, pela multiplicidade de questões que se deduziram do tronco principal, e um pouco, talvez, pela inconsistência dos pareceres. Um dos argumentadores pediu ao Jacobina alguma opinião – uma conjetura, ao menos.

– Nem conjetura, nem opinião – redarguiu ele –; uma ou outra pode dar lugar a dissentimento, e, como sabem, eu não discuto. Mas se querem ouvir-me calados, posso contar-lhes um caso de minha vida, em que ressalta a mais clara demonstração acerca da matéria de que se trata. Em primeiro lugar, não há uma só alma, há duas...

– Duas?

– Nada menos de duas almas. Cada criatura humana traz duas almas consigo: uma que olha de dentro para fora, outra que olha de fora para dentro... Espantem-se à vontade; podem ficar de boca aberta, dar de ombros, tudo, não admito réplica. Se me replicarem, acabo o charuto e vou dormir. A alma exterior pode ser um espírito, um fluido, um homem, muitos homens, um objeto, uma operação. Há casos, por exemplo, em que um simples botão de camisa é a alma exterior de uma pessoa; e assim também a polca, o voltarete, um livro, uma máquina, um par de botas, uma cavatina, um tambor etc. Está claro que o ofício dessa segunda alma é transmitir a vida, como a primeira; as duas completam o homem, que é, metafisicamente falando, uma laranja. Quem perde uma das metades perde naturalmente metade da existência, e casos há, não raros, em que a perda da alma exterior implica a da existência inteira. Shylock, por exemplo. A alma exterior daquele judeu eram os seus ducados; perdê-los equivalia a morrer. "Nunca mais verei o meu ouro, diz ele a Tubal; *é um punhal que me enterras no coração.*" Vejam bem esta frase; a perda dos ducados, alma exterior, era a morte para ele. Agora, é preciso saber que a alma exterior não é sempre a mesma...

– Não?

– Não, senhor; muda de natureza e de estado. Não aludo a certas almas absorventes, como a pátria, com a qual disse o Camões que morria, e o poder, que foi a alma exterior de César e de Cromwell. São almas enérgicas e exclusivas; mas há outras, embora enérgicas, de natureza mudável. Há cavalheiros, por exemplo, cuja alma exterior, nos primeiros anos, foi um chocalho ou um cavalinho de pau, e mais tarde uma provedoria de irmandade, suponhamos. Pela minha parte, conheço uma senhora – na verdade, gentilíssima – que muda de alma exterior cinco, seis vezes por ano. Durante a estação lírica é a ópera; cessando a estação, a alma exterior substitui-se por outra: um concerto, um baile do Cassino, a Rua do Ouvidor, Petrópolis...

– Perdão; essa senhora quem é?

– Essa senhora é parenta do diabo, e tem o mesmo nome: chama-se Legião... E assim outros muitos casos. Eu mesmo tenho experimentado dessas trocas. Não as relato, porque iria longe; restrinjo-me ao episódio de que lhes falei. Um episódio dos meus vinte e cinco anos...

Os quatro companheiros, ansiosos de ouvir o caso prometido, esqueceram a controvérsia. Santa curiosidade! tu não és só a alma da civilização, és também o pomo da concórdia, fruta divina, de outro sabor que não aquele pomo da mitologia. A sala, até há pouco ruidosa de física e metafísica, é agora um mar morto; todos os olhos estão no Jacobina, que concerta a ponta do charuto, recolhendo as memórias. Eis aqui como ele começou a narração:

– Tinha vinte e cinco anos, era pobre, e acabava de ser nomeado alferes da guarda nacional. Não imaginam o acontecimento que isto foi em nossa casa. Minha mãe ficou tão orgulhosa! tão contente! Chamava-me o seu alferes. Primos e tios, foi tudo uma alegria sincera e pura. Na vila, note-se bem, houve alguns despeitados; choro e ranger de dentes, como na Escritura; e o motivo não foi outro senão que o posto tinha muitos candidatos e que estes perderam. Suponho também que uma parte do desgosto foi inteiramente gratuita: nasceu da simples distinção. Lembra-me de alguns rapazes, que se davam comigo, e passaram a olhar-me de revés, durante algum tempo. Em compensação, tive muitas pessoas que ficaram satisfeitas com a nomeação; e a prova é que todo o fardamento me foi dado por amigos... Vai então uma das minhas tias, D. Marcolina, viúva do Capitão Peçanha, que morava a muitas léguas da vila, num sítio escuso e solitário, desejou ver-me, e pediu que fosse ter com ela e levasse a farda. Fui, acompanhado de um pajem, que daí a dias tornou à vila, porque a tia Marcolina apenas me pilhou no sítio, escreveu a minha mãe dizendo que não me soltava antes de um mês, pelo menos. E abraçava-me! Chamava-me também o seu alferes. Achava-me um rapagão bonito. Como era um tanto patusca, chegou a confessar que tinha inveja da moça que houvesse de ser minha mulher. Jurava que em toda a província não havia outro que me pusesse o pé adiante. E sempre alferes; era alferes para cá, alferes para lá, alferes a toda a hora. Eu pedia-lhe que me chamasse Joãozinho, como dantes; e ela abanava a cabeça, bradando que não, que era o "senhor alferes". Um cunhado dela, irmão do finado Peçanha, que ali morava, não me chamava de outra maneira. Era o "senhor alferes", não por gracejo, mas a sério, e à vista dos escravos, que naturalmente foram pelo mesmo caminho. Na mesa tinha eu o melhor lugar, e era o primeiro servido. Não imaginam. Se lhes disser que o entusiasmo da tia Marcolina chegou ao ponto de mandar pôr no meu quarto um grande espelho, obra rica e magnífica, que destoava do resto da casa, cuja mobília era modesta e simples... Era um espelho que lhe dera a madrinha, e que esta herdara da mãe, que o comprara a uma das fidalgas vindas em 1808 com a corte de D. João VI. Não sei o que havia nisso de verdade; era a tradição.

O espelho estava naturalmente muito velho; mas via-se-lhe ainda o ouro, comido em parte pelo tempo, uns delfins esculpidos nos ângulos superiores da moldura, uns enfeites de madrepérola e outros caprichos do artista. Tudo velho, mas bom...

– Espelho grande?

– Grande. E foi, como digo, uma enorme fineza, porque o espelho estava na sala; era a melhor peça da casa. Mas não houve forças que a demovessem do propósito; respondia que não fazia falta, que era só por algumas semanas, e finalmente que o "senhor alferes" merecia muito mais. O certo é que todas essas coisas, carinhos, atenções, obséquios, fizeram em mim uma transformação, que o natural sentimento da mocidade ajudou e completou. Imaginam, creio eu?

– Não.

– O alferes eliminou o homem. Durante alguns dias as duas naturezas equilibraram-se; mas não tardou que a primitiva cedesse à outra; ficou-me uma parte mínima de humanidade. Aconteceu então que a alma exterior, que era dantes o sol, o ar, o campo, os olhos das moças, mudou de natureza, e passou a ser a cortesia e os rapapés da casa, tudo o que me falava do posto, nada do que me falava do homem. A única parte do cidadão que ficou comigo foi aquela que entendia com o exercício da patente; a outra dispersou-se no ar e no passado. Custa-lhes acreditar, não?

– Custa-me até entender – respondeu um dos ouvintes.

– Vai entender. Os fatos explicarão melhor os sentimentos, os fatos são tudo. A melhor definição do amor não vale um beijo de moça namorada; e, se bem me lembro, um filósofo antigo demonstrou o movimento andando. Vamos aos fatos. Vamos ver como, ao tempo em que a consciência do homem se obliterava, a do alferes tornava-se viva e intensa. As dores humanas, as alegrias humanas, se eram só isso, mal obtinham de mim uma compaixão apática ou um sorriso de favor. No fim de três semanas, era outro, totalmente outro. Era exclusivamente alferes. Ora, um dia recebeu a tia Marcolina uma notícia grave; uma de suas filhas, casada com um lavrador residente dali a cinco léguas, estava mal e à morte. Adeus, sobrinho! adeus, alferes! Era mãe extremosa, armou logo uma viagem, pediu ao cunhado que fosse com ela, e a mim que tomasse conta do sítio. Creio que, se não fosse a aflição, disporia o contrário; deixaria o cunhado, e iria comigo. Mas o certo é que fiquei só, com os poucos escravos da casa. Confesso-lhes que desde logo senti uma grande opressão, alguma coisa semelhante ao efeito de quatro paredes de um cárcere, subitamente levantadas em torno de mim. Era a alma exterior que se reduzia; estava agora limitada a alguns espíritos boçais. O alferes continuava a dominar em mim, embora a vida fosse menos intensa, e a consciência mais débil. Os escravos punham uma nota de humildade nas suas cortesias, que de certa maneira compensava a afeição dos parentes e a intimidade doméstica interrompida. Notei mesmo, naquela noite, que eles redobravam de respeito, de alegria, de protestos. Nhô alferes de minuto a minuto. Nhô alferes é muito bonito; nhô alferes há de ser coronel; nhô alferes há de casar com moça bonita, filha de general; um concerto de louvores e profecias, que me deixou extático. Ah! pérfidos! mal podia eu suspeitar a intenção secreta dos malvados.

– Matá-lo?

– Antes assim fosse.

– Coisa pior?

– Ouçam-me. Na manhã seguinte achei-me só. Os velhacos, seduzidos por outros, ou de movimento próprio, tinham resolvido fugir durante a noite; e assim fizeram. Achei-me só, sem mais ninguém, entre quatro paredes, diante do terreiro deserto e da roça abandonada. Nenhum fôlego humano. Corri a casa toda, a senzala, tudo, nada, ninguém, um molequinho que fosse. Galos e galinhas tão somente, um par de mulas, que filosofavam a vida, sacudindo as moscas, e três bois. Os mesmos cães foram levados pelos escravos. Nenhum ente humano. Parece-lhes que isto era melhor do que ter morrido? era pior. Não por medo; juro-lhes que não tinha medo; era um pouco atrevidinho, tanto que não senti nada, durante as primeiras horas. Fiquei triste por causa do dano causado à tia Marcolina, fiquei também um pouco perplexo, não sabendo se devia ir ter com ela, para lhe dar a triste notícia, ou ficar tomando conta da casa. Adotei o segundo alvitre, para não desamparar a casa, e porque, se a minha prima enferma estava mal, eu ia somente aumentar a dor da mãe, sem remédio nenhum; finalmente, esperei que o irmão do tio Peçanha voltasse naquele dia ou no outro, visto que tinha saído havia já trinta e seis horas. Mas a manhã passou sem vestígio dele e à tarde comecei a sentir uma sensação como de pessoa que houvesse perdido toda a ação nervosa, e não tivesse consciência da ação muscular. O irmão do tio Peçanha não voltou nesse dia, nem no outro, nem em toda aquela semana. Minha solidão tomou proporções enormes. Nunca os dias foram mais compridos, nunca o sol abrasou a terra com uma obstinação mais cansativa. As horas batiam de século a século, no velho relógio da sala, cuja pêndula, *tic-tac, tic-tac*, feria-me a alma interior, como um piparote contínuo da eternidade. Quando, muitos anos depois, li uma poesia americana, creio que de Longfellow, e topei com este famoso estribilho: *Never, for ever! – For ever, never!*, confesso-lhes que tive um calafrio: recordei-me daqueles dias medonhos. Era justamente assim que fazia o relógio da tia Marcolina: *Never, for ever! – For ever, never!* Não eram golpes de pêndula, era um diálogo do abismo, um cochicho do nada. E então de noite! Não que a noite fosse mais silenciosa. O silêncio era o mesmo que de dia. Mas a noite era a sombra, era a solidão ainda mais estreita ou mais larga. *Tic-tac, tic-tac.* Ninguém nas salas, na varanda, nos corredores, no terreiro, ninguém em parte nenhuma... Riem-se?

– Sim, parece que tinha um pouco de medo.

– Oh! fora bom se eu pudesse ter medo! Viveria. Mas o característico daquela situação é que eu nem sequer podia ter medo, isto é, o medo vulgarmente entendido. Tinha uma sensação inexplicável. Era como um defunto andando, um sonâmbulo, um boneco mecânico. Dormindo, era outra coisa. O sono dava-me alívio, não pela razão comum de ser irmão da morte, mas por outra. Acho que posso explicar assim esse fenômeno: o sono, eliminando a necessidade de uma alma exterior, deixava atuar a alma interior. Nos sonhos fardava-me, orgulhosamente, no meio da família e dos amigos, que me elogiavam o garbo, que me chamavam alferes; vinha um amigo de nossa casa, e prometia-me o posto de tenente, outro o de capitão ou major; e tudo isso fazia-me viver. Mas quando acordava, dia claro, esvaía-se com o sono a consciência do meu ser novo e único – porque a alma interior perdia a ação exclusiva, e ficava dependente da outra, que teimava em não tornar... Não tornava. Eu saía fora, a um lado e outro, a ver se descobria algum sinal de regresso. *Soeur Anne, soeur Anne, ne vois-tu rien venir*? Nada, coisa nenhuma; tal qual como lenda francesa. Nada mais do que a poeira da estrada e o capinzal dos morros. Voltava para casa, nervoso, desesperado, estirava-me no canapé da sala. *Tic-tac, tic-tac.* Levantava-me, passeava, tamborilava nos vidros das janelas, assobiava. Em certa ocasião lembrei-me de escrever alguma coisa, um artigo político, um romance, uma ode; não escolhi nada definitivamente; sentei-me e tracei no papel algumas palavras e frases soltas, para intercalar no estilo. Mas o estilo, como a tia Marcolina, deixava-se estar. *Soeur Anne, soeur Anne...* Coisa nenhuma. Quando muito via negrejar a tinta e alvejar o papel.

– Mas não comia?

– Comia mal, frutas, farinha, conservas, algumas raízes tostadas ao fogo, mas suportaria tudo alegremente, se não fora a terrível situação moral em que me achava. Recitava versos, discursos, trechos latinos, liras de Gonzaga, oitavas de Camões, décimas, uma antologia em trinta volumes. Às vezes fazia ginástica; outras dava beliscões nas pernas; mas o efeito era só uma sensação física de dor ou de cansaço, e mais nada. Tudo silêncio, um silêncio vasto, enorme, infinito, apenas sublinhado pelo eterno *tic-tac* da pêndula. *Tic-tac, tic-tac...*

– Na verdade, era de enlouquecer.

– Vão ouvir coisa pior. Convém dizer-lhes que, desde que ficara só, não olhara uma só vez para o espelho. Não era abstenção deliberada, não tinha motivo; era um impulso inconsciente, um receio de achar-me um e dois, ao mesmo tempo, naquela casa solitária; e, se tal explicação é verdadeira, nada prova melhor a contradição humana, porque, no fim de oito dias, deu-me na veneta olhar para o espelho com o fim justamente de achar-me dois. Olhei e recuei. O próprio vidro parecia conjurado com o resto do universo, não me estampou a figura nítida e inteira, mas vaga, esfumada, difusa, sombra de sombra. A realidade das leis físicas não permite negar que o espelho reproduziu-me textualmente, com os mesmos contornos e feições; assim devia ter sido. Mas tal não foi a minha sensação. Então tive medo; atribuí o fenômeno à excitação nervosa em que andava; receei ficar mais tempo, e enlouquecer. – Vou-me embora, disse comigo. E levantei o braço com gesto de mau humor, e ao mesmo tempo de decisão, olhando para o vidro; o gesto lá estava, mas disperso, esgaçado, mutilado... Entrei a vestir-me, murmurando comigo, tossindo sem tosse, sacudindo a roupa com estrépito, afligindo-me a frio com os botões, para dizer alguma coisa. De quando em quando, olhava furtivamente para o espelho; a imagem era a mesma difusão de linhas, a mesma decomposição de contornos... Continuei a vestir-me. Subitamente, por uma inspiração inexplicável, por um impulso sem cálculo, lembrou-me... Se forem capazes de adivinhar qual foi a minha ideia...

– Diga.

– Estava a olhar para o vidro, com uma persistência de desesperado, contemplando as próprias feições derramadas e inacabadas, uma nuvem de linhas soltas, informes, quando tive o pensamento... Não, não são capazes de adivinhar.

– Mas, diga, diga.

– Lembrou-me vestir a farda de alferes. Vesti-a, aprontei-me de todo; e, como estava defronte do espelho, levantei os olhos, e... não lhes digo nada; o vidro reproduziu então a figura integral; nenhuma linha de menos, nenhum contorno diverso; era eu mesmo, o alferes, que achava, enfim, a alma exterior. Essa alma ausente com a dona do sítio, dispersa e fugida com os escravos, ei-la recolhida no espelho. Imaginai um homem que, pouco a pouco, emerge de um letargo, abre os olhos sem ver, depois começa a ver, distingue as pessoas dos objetos, mas não conhece individualmente uns nem outros; enfim, sabe que este é Fulano, aquele é Sicrano; aqui está uma cadeira, ali um sofá. Tudo volta ao que era antes do sono. Assim foi comigo. Olhava para o espelho, ia de um lado para outro, recuava, gesticulava, sorria, e o vidro exprimia tudo. Não era mais um autômato, era um ente animado. Daí em diante, fui outro. Cada dia, a uma certa hora, vestia-me de alferes, e sentava-me diante do espelho, lendo, olhando, meditando; no fim de duas, três horas, despia-me outra vez. Com este regímen pude atravessar mais seis dias de solidão, sem os sentir...

Quando os outros voltaram a si, o narrador tinha descido as escadas.

A CARTOMANTE

Hamlet observa a Horácio que há mais coisas no céu e na terra do que sonha a nossa filosofia. Era a mesma explicação que dava a bela Rita ao moço Camilo, numa sexta-feira de novembro de 1869, quando este ria dela, por ter ido na véspera consultar uma cartomante; a diferença é que o fazia por outras palavras.

– Ria, ria. Os homens são assim; não acreditam em nada. Pois saiba que fui, e que ela adivinhou o motivo da consulta, antes mesmo que eu lhe dissesse o que era. Apenas começou a botar as cartas, disse-me: "A senhora gosta de uma pessoa...". Confessei que sim, e então ela continuou a botar as cartas, combinou-as, e no fim declarou-me que eu tinha medo de que você me esquecesse, mas que não era verdade...

– Errou! – interrompeu Camilo, rindo.

– Não diga isso, Camilo. Se você soubesse como eu tenho andado, por sua causa. Você sabe; já lhe disse. Não ria de mim, não ria...

Camilo pegou-lhe nas mãos, e olhou para ela sério e fixo. Jurou que lhe queria muito, que os seus sustos pareciam de criança; em todo o caso, quando tivesse algum receio, a melhor cartomante era ele mesmo. Depois, repreendeu-a; disse-lhe que era imprudente andar por essas casas. Vilela podia sabê-lo, e depois...

– Qual saber! tive muita cautela, ao entrar na casa.

– Onde é a casa?

– Aqui perto, na Rua da Guarda Velha; não passava ninguém nessa ocasião. Descansa; eu não sou maluca.

Camilo riu outra vez:

– Tu crês deveras nessas coisas? – perguntou-lhe.

Foi então que ela, sem saber que traduzia Hamlet em vulgar, disse-lhe que havia muita coisa misteriosa e verdadeira neste mundo. Se ele não acreditava, paciência; mas o certo é que a cartomante adivinhara tudo. Que mais? A prova é que ela agora estava tranquila e satisfeita.

Cuido que ele ia falar, mas reprimiu-se. Não queria arrancar-lhe as ilusões. Também ele, em criança, e ainda depois, foi supersticioso, teve um arsenal inteiro de crendices, que a mãe lhe incutiu e que aos vinte anos desapareceram. No dia em que deixou cair toda essa vegetação parasita, e ficou só o tronco da religião, ele, como tivesse recebido da mãe ambos os ensinos, envolveu-os na mesma dúvida e logo depois em uma só negação total. Camilo não acreditava em nada. Por quê? Não poderia dizê-lo, não possuía um só argumento; limitava-se a negar tudo. E digo mal, porque negar é ainda afirmar e ele não formulava a incredulidade; diante do mistério, contentou-se em levantar os ombros, e foi andando.

Separaram-se contentes, ele ainda mais que ela. Rita estava certa de ser amada; Camilo, não só o estava, mas via-a estremecer e arriscar-se por ele, correr às cartomantes, e, por mais que a repreendesse, não podia deixar de sentir-se lisonjeado. A casa do encontro era na antiga Rua dos Barbonos, onde morava uma comprovinciana de Rita. Esta desceu pela Rua das Mangueiras, na direção de Botafogo, onde residia; Camilo desceu pela da Guarda Velha, olhando de passagem para a casa da cartomante.

Vilela, Camilo e Rita, três nomes, uma aventura e nenhuma explicação das origens. Vamos a ela. Os dois primeiros eram amigos de infância. Vilela seguiu a carreira de magistrado. Camilo entrou no funcionalismo, contra a vontade do pai, que queria vê-lo médico; mas o pai morreu, e Camilo preferiu não ser nada, até que a mãe lhe arranjou um emprego público. No princípio de 1869, voltou Vilela da província, onde casara com uma dama formosa e tonta; abandonou a magistratura e veio abrir banca de advogado. Camilo arranjou-lhe casa para os lados de Botafogo, e foi a bordo recebê-lo.

– É o senhor? – exclamou Rita, estendendo-lhe a mão. – Não imagina como meu marido é seu amigo; falava sempre do senhor.

Camilo e Vilela olharam-se com ternura. Eram amigos deveras.

Depois, Camilo confessou de si para si que a mulher do Vilela não desmentia as cartas do marido. Realmente, era graciosa e viva nos gestos, olhos cálidos, boca fina e interrogativa. Era um pouco mais velha que ambos: contava trinta anos, Vilela vinte e nove e Camilo vinte e seis. Entretanto, o porte grave de Vilela fazia-o parecer mais velho que a mulher, enquanto Camilo era um ingênuo na vida moral e prática. Faltava-lhe tanto a ação do tempo, como os óculos de cristal que a natureza põe no berço de alguns para adiantar os anos. Nem experiência, nem intuição.

Uniram-se os três. Convivência trouxe intimidade. Pouco depois morreu a mãe de Camilo, e nesse desastre, que o foi, os dois mostraram-se grandes amigos dele. Vilela cuidou do enterro, dos sufrágios e do inventário; Rita tratou especialmente do coração, e ninguém o faria melhor.

Como daí chegaram ao amor, não o soube ele nunca. A verdade é que gostava de passar as horas ao lado dela; era a sua enfermeira moral, quase uma irmã, mas principalmente era mulher e bonita. *Odor di femmina*: eis o que ele aspirava nela, e em volta dela, para incorporá-lo em si próprio. Liam os mesmos livros, iam juntos a teatros e passeios. Camilo ensinou-lhe as damas e o xadrez e jogavam às noites; – ela mal –, ele, para lhe ser agradável, pouco menos mal. Até aí as coisas. Agora a ação da pessoa, os olhos teimosos de Rita, que procuravam muitas vezes os dele, que os consultavam antes de o fazer ao marido, as mãos frias, as atitudes insólitas. Um dia, fazendo ele anos, recebeu de Vilela uma rica bengala de presente e de Rita apenas um cartão com um vulgar cumprimento a lápis, e foi então que ele pôde ler no próprio coração; não conseguia arrancar os olhos do bilhetinho. Palavras vulgares; mas há vulgaridades sublimes, ou, pelo menos, deleitosas. A velha caleça de praça, em que pela primeira vez passeaste com a mulher amada, fechadinhos ambos, vale o carro de Apolo. Assim é o homem, assim são as coisas que o cercam.

Camilo quis sinceramente fugir, mas já não pôde. Rita, como uma serpente, foi-se acercando dele, envolveu-o todo, fez-lhe estalar os ossos num espasmo, e pingou-lhe o veneno na boca. Ele ficou atordoado e subjugado. Vexame, sustos, remorsos, desejos, tudo sentiu de mistura; mas a batalha foi curta e a vitória delirante. Adeus, escrúpulos! Não tardou que o sapato se acomodasse ao pé, e aí foram ambos estrada fora, braços dados, pisando folgadamente por cima de ervas e pedregulhos, sem padecer nada mais que algumas saudades, quando estavam ausentes um do outro. A confiança e estima de Vilela continuavam a ser as mesmas.

Um dia, porém, recebeu Camilo uma carta anônima, que lhe chamava imoral e pérfido, e dizia que a aventura era sabida de todos. Camilo teve medo, e, para desviar as suspeitas, começou a rarear as visitas à casa de Vilela. Este notou-lhe as ausências. Camilo respondeu que o motivo era uma paixão frívola de rapaz. Candura gerou astúcia. As ausências prolongaram-se, e as visitas cessaram inteiramente. Pode ser que entrasse também nisso um pouco de amor-próprio, uma intenção de diminuir os obséquios do marido para tornar menos dura a aleivosia do ato.

Foi por esse tempo que Rita, desconfiada e medrosa, correu à cartomante para consultá-la sobre a verdadeira causa do procedimento de Camilo. Vimos que a cartomante restituiu-lhe a confiança e que o rapaz repreendeu-a por ter feito o que fez. Correram ainda algumas semanas. Camilo recebeu mais duas ou três cartas anônimas tão apaixonadas, que não podiam ser advertência da virtude, mas despeito de algum pretendente; tal foi a opinião de Rita, que, por outras palavras malcompostas, formulou este pensamento: – a virtude é preguiçosa e avara, não gasta tempo nem papel; só o interesse é ativo e pródigo.

Nem por isso Camilo ficou mais sossegado; temia que o anônimo fosse ter com Vilela, e a catástrofe viria então sem remédio. Rita concordou que era possível.

– Bem – disse ela –; eu levo os sobrescritos para comparar a letra com as das cartas que lá aparecerem; se alguma for igual, guardo-a e rasgo-a...

Nenhuma apareceu; mas daí a algum tempo Vilela começou a mostrar-se sombrio, falando pouco, como desconfiado. Rita deu-se pressa em dizê-lo ao outro, e sobre isso deliberaram. A opinião dela é que Camilo devia tornar à casa deles, tatear o marido, e pode ser até que lhe ouvisse a confidência de algum negócio particular. Camilo divergia; aparecer depois de tantos meses era confirmar a suspeita ou denúncia. Mais valia acautelarem-se, sacrificando-se por algumas semanas.

Combinaram os meios de se corresponderem, em caso de necessidade, e separaram-se com lágrimas.

No dia seguinte, estando na repartição, recebeu Camilo este bilhete de Vilela: "Vem já, já, à nossa casa, preciso falar-te sem demora". Era mais de meio-dia. Camilo saiu logo; na rua, advertiu que teria sido mais natural chamá-lo ao escritório; por que em casa? Tudo indicava matéria especial, e a letra, fosse realidade ou ilusão, afigurou-se-lhe trêmula. Ele combinou todas essas coisas com a notícia da véspera.

– Vem já, já, à nossa casa; preciso falar-te sem demora – repetia ele com os olhos no papel.

Imaginariamente, viu a ponta da orelha de um drama, Rita subjugada e lacrimosa, Vilela indignado, pegando da pena e escrevendo o bilhete, certo de que ele acudiria, e esperando-o para matá-lo. Camilo estremeceu, tinha medo: depois sorriu amarelo, e em todo caso repugnava-lhe a ideia de recuar, e foi andando. De caminho, lembrou-se de ir a casa; podia achar algum recado de Rita, que lhe explicasse tudo. Não achou nada, nem ninguém. Voltou à rua, e a ideia de estarem descobertos parecia-lhe cada vez mais verossímil; era natural uma denúncia anônima, até da própria pessoa que o ameaçara antes; podia ser que Vilela conhecesse agora tudo. A mesma suspensão das suas visitas, sem motivo aparente, apenas com um pretexto fútil viria confirmar o resto.

Camilo ia andando inquieto e nervoso. Não relia o bilhete, mas as palavras estavam decoradas, diante dos olhos, fixas; ou então – o que era ainda pior – eram-lhe murmuradas ao ouvido, com a própria voz de Vilela. "Vem já, já, à nossa casa; preciso falar-te sem demora." Ditas assim, pela voz do outro, tinham um tom de mistério e ameaça. Vem, já, já, para quê? Era perto de uma hora da tarde. A comoção crescia de minuto a minuto. Tanto imaginou o que se iria passar, que chegou a crê-lo e vê-lo. Positivamente, tinha medo. Entrou a cogitar em ir armado, considerando que, se nada houvesse, nada perdia, e a precaução era útil. Logo depois rejeitava a ideia, vexado de si mesmo, e seguia, picando o passo, na direção do Largo da Carioca, para entrar num tílburi. Chegou, entrou e mandou seguir a trote largo.

"Quanto antes, melhor, pensou ele; não posso estar assim..."

Mas o mesmo trote do cavalo veio agravar-lhe a comoção. O tempo voava, e ele não tardaria a entestar com o perigo. Quase no fim da Rua da Guarda Velha, o tílburi teve de parar; a rua estava atravancada com uma carroça que caíra. Camilo, em si mesmo, estimou o obstáculo, e esperou. No fim de cinco minutos, reparou que ao lado, à esquerda, ao pé do tílburi, ficava a casa da cartomante, a quem Rita consultara uma vez, e nunca ele desejou tanto crer na lição das cartas. Olhou, viu as janelas fechadas, quando todas as outras estavam abertas e pejadas de curiosos do incidente da rua. Dir-se-ia a morada do indiferente Destino.

Camilo reclinou-se no tílburi, para não ver nada. A agitação dele era grande, extraordinária, e do fundo das camadas morais emergiam alguns fantasmas de outro tempo, as velhas crenças, as superstições antigas. O cocheiro propôs-lhe voltar à primeira travessa, e ir por outro caminho; ele respondeu que não, que esperasse. E inclinava-se para fitar a casa... Depois fez um gesto incrédulo: era a ideia de ouvir a cartomante, que lhe passava ao longe, muito longe, com vastas asas cinzentas; desapareceu, reapareceu, e tornou a esvair-se no cérebro; mas daí a pouco moveu outra vez as asas, mais perto, fazendo uns giros concêntricos... Na rua, gritavam os homens, safando a carroça:

– Anda! agora! empurra! vá! vá!

Daí a pouco estaria removido o obstáculo. Camilo fechava os olhos, pensava em outras coisas; mas a voz do marido sussurrava-lhe às orelhas as palavras da carta: "Vem, já, já...". E ele via as contorções do drama e tremia. A casa olhava para ele. As pernas queriam descer e entrar... Camilo achou-se diante de um longo véu opaco... pensou rapidamente no inexplicável de tantas coisas. A voz da mãe repetia-lhe uma porção de casos extraordinários; e a mesma frase do príncipe de Dinamarca reboava-lhe dentro: "Há mais coisas no céu e na terra do que sonha a filosofia...". Que perdia ele, se...?

Deu por si na calçada, ao pé da porta; disse ao cocheiro que esperasse, e rápido enfiou pelo corredor, e subiu a escada. A luz era pouca, os degraus comidos dos pés, o corrimão pegajoso; mas ele não viu nem sentiu nada. Trepou e bateu. Não aparecendo ninguém, teve ideia de descer; mas era tarde, a curiosidade fustigava-lhe o sangue, as fontes latejavam-lhe; ele tornou a bater uma, duas, três pancadas. Veio uma mulher; era a cartomante. Camilo disse que ia consultá-la, ela fê-lo entrar. Dali subiram ao sótão, por uma escada ainda pior que a primeira e mais escura. Em cima, havia uma salinha, mal-alumiada por uma janela, que dava para o telhado dos fundos. Velhos trastes, paredes sombrias, um ar de pobreza, que antes aumentava do que destruía o prestígio.

A cartomante fê-lo sentar diante da mesa, e sentou-se do lado oposto, com as costas para a janela, de maneira que a pouca luz de fora batia em cheio no rosto de Camilo. Abriu uma gaveta e tirou um baralho de cartas compridas e enxovalhadas. Enquanto as baralhava, rapidamente, olhava para ele, não de rosto, mas por baixo dos olhos. Era uma mulher de quarenta anos, italiana, morena e magra, com grandes olhos sonsos e agudos. Voltou três cartas sobre a mesa, e disse-lhe:

– Vejamos primeiro o que é que o traz aqui. O senhor tem um grande susto...

Camilo, maravilhado, fez um gesto afirmativo.

– E quer saber – continuou ela – se lhe acontecerá alguma coisa ou não...

– A mim e a ela – explicou vivamente ele.

A cartomante não sorriu; disse-lhe só que esperasse. Rápido pegou outra vez das cartas e baralhou-as, com os longos dedos finos, de unhas descuradas; baralhou-as bem, transpôs os maços, uma, duas, três vezes; depois começou a estendê-las. Camilo tinha os olhos nela, curioso e ansioso.

– As cartas dizem-me...

Camilo inclinou-se para beber uma a uma as palavras. Então ela declarou-lhe que não tivesse medo de nada. Nada aconteceria nem a um nem a outro; ele, o terceiro, ignorava tudo. Não obstante, era indispensável muita cautela; ferviam invejas e despeitos. Falou-lhe do amor que os ligava, da beleza de Rita... Camilo estava deslumbrado. A cartomante acabou, recolheu as cartas e fechou-as na gaveta.

– A senhora restituiu-me a paz ao espírito –, disse ele estendendo a mão por cima da mesa e apertando a da cartomante.

Esta levantou-se, rindo.

– Vá – disse ela –; vá, *ragazzo innamorato*...

E de pé, com o dedo indicador, tocou-lhe na testa. Camilo estremeceu, como se fosse a mão da própria sibila, e levantou-se também. A cartomante foi à cômoda, sobre a qual estava um prato com passas, tirou um cacho destas, começou a despencá-las e comê-las, mostrando duas fileiras de dentes que desmentiam as unhas. Nessa mesma ação comum, a mulher tinha um ar particular. Camilo, ansioso por sair, não sabia como pagasse; ignorava o preço.

– Passas custam dinheiro – disse ele afinal, tirando a carteira. – Quantas quer mandar buscar?

– Pergunte ao seu coração – respondeu ela.

Camilo tirou uma nota de dez mil-réis, e deu-lha. Os olhos da cartomante fuzilaram. O preço usual era dois mil-réis.

– Vejo bem que o senhor gosta muito dela... E faz bem; ela gosta muito do senhor. Vá, vá, tranquilo. Olhe a escada, é escura; ponha o chapéu...

A cartomante tinha já guardado a nota na algibeira, e descia com ele, falando, com um leve sotaque. Camilo despediu-se dela embaixo, e desceu a escada que levava à rua, enquanto a cartomante, alegre com a paga, tornava acima, cantarolando uma barcarola. Camilo achou o tílburi esperando; a rua estava livre. Entrou e seguiu a trote largo.

Tudo lhe parecia agora melhor, as outras coisas traziam outro aspecto, o céu estava límpido e as caras joviais. Chegou a rir dos seus receios, que chamou pueris; recordou os termos da carta de Vilela e reconheceu que eram íntimos e familiares. Onde é que ele lhe descobrira a ameaça? Advertiu também que eram urgentes, e que fizera mal em demorar-se tanto; podia ser algum negócio grave e gravíssimo.

– Vamos, vamos depressa – repetia ele ao cocheiro.

E consigo, para explicar a demora ao amigo, engenhou qualquer coisa; parece que formou também o plano de aproveitar o incidente para tornar à antiga assiduidade... De volta com os planos, reboavam-lhe na alma as palavras da cartomante. Em verdade, ela adivinhara o objeto da consulta, o estado dele, a existência de um terceiro; por que não adivinharia o resto? O presente que se ignora vale o futuro. Era assim, lentas e contínuas, que as velhas crenças do rapaz iam tornando ao de cima, e o mistério empolgava-o com as unhas de ferro. Às vezes queria rir, e ria de si mesmo, algo vexado; mas a mulher, as cartas, as palavras secas e afirmativas, a exortação: – Vá, vá, *ragazzo innamorato*; e no fim, ao longe, a barcarola da despedida, lenta e graciosa, tais eram os elementos recentes, que formavam, com os antigos, uma fé nova e vivaz.

A verdade é que o coração ia alegre e impaciente pensando nas horas felizes de outrora e nas que haviam de vir. Ao passar pela Glória, Camilo olhou para o mar, estendeu os olhos para fora, até onde a água e o céu dão um abraço infinito, e teve assim uma sensação do futuro, longo, longo, interminável.

Daí a pouco chegou à casa de Vilela. Apeou-se, empurrou a porta de ferro do jardim e entrou. A casa estava silenciosa. Subiu os seis degraus de pedra, e mal teve tempo de bater, a porta abriu-se, e apareceu-lhe Vilela.

– Desculpa, não pude vir mais cedo; que há?

Vilela não lhe respondeu; tinha as feições decompostas; fez-lhe sinal, e foram para uma saleta interior. Entrando, Camilo não pôde sufocar um grito de terror: – ao fundo, sobre o canapé, estava Rita, morta e ensanguentada. Vilela pegou-o pela gola, e, com dois tiros de revólver estirou-o morto no chão.

O CASO DA VARA

Damião fugiu do seminário às onze horas da manhã de uma sexta-feira de agosto. Não sei bem o ano; foi antes de 1850. Passados alguns minutos parou vexado; não contava com o efeito que produzia nos olhos da outra gente aquele seminarista que ia espantado, medroso, fugitivo. Desconhecia as ruas, andava e desandava; finalmente parou. Para onde iria? Para casa, não; lá estava o pai que o devolveria ao seminário, depois de um bom castigo. Não assentara no ponto de refúgio, porque a saída estava determinada para mais tarde; uma circunstância fortuita a apressou. Para onde iria? Lembrou-se do padrinho, João Carneiro, mas o padrinho era um moleirão sem vontade, que por si só não faria coisa útil. Foi ele que o levou ao seminário e o apresentou ao reitor:

– Trago-lhe o grande homem que há de ser – disse ele ao reitor.

– Venha – acudiu este – venha o grande homem, contanto que seja também humilde e bom. A verdadeira grandeza é chã. Moço...

Tal foi a entrada. Pouco tempo depois fugiu o rapaz ao seminário. Aqui o vemos agora na rua, espantado, incerto, sem atinar com refúgio nem conselho; percorreu de memória as casas de parentes e amigos, sem se fixar em nenhuma. De repente, exclamou:

– Vou pegar-me com Sinhá Rita! Ela manda chamar meu padrinho, diz-lhe que quer que eu saia do seminário... Talvez assim...

Sinhá Rita era uma viúva, querida de João Carneiro; Damião tinha umas ideias vagas dessa situação e tratou de a aproveitar. Onde morava? Estava tão atordoado, que só daí a alguns minutos é que lhe acudiu a casa; era no Largo do Capim.

– Santo nome de Jesus! Que é isto? – bradou Sinhá Rita, sentando-se na marquesa, onde estava reclinada.

Damião acabava de entrar espavorido; no momento de chegar à casa, vira passar um padre, e deu um empurrão à porta, que por fortuna não estava fechada a chave nem ferrolho.

Depois de entrar espiou pela rótula, a ver o padre. Este não deu por ele e ia andando.

– Mas que é isto, Sr. Damião? – bradou novamente a dona da casa, que só agora o conhecera. – Que vem fazer aqui?

Damião, trêmulo, mal podendo falar, disse que não tivesse medo, não era nada; ia explicar tudo.

– Descanse; e explique-se.

– Já lhe digo, não pratiquei nenhum crime, isso juro; mas espere.

Sinhá Rita olhava para ele espantada, e todas as crias, de casa, e de fora, que estavam sentadas em volta da sala, diante das suas almofadas de renda, todas fizeram parar os bilros e as mãos. Sinhá Rita vivia principalmente de ensinar a fazer renda, crivo e bordado. Enquanto o rapaz tomava fôlego, ordenou às pequenas que trabalhassem, e esperou. Afinal, Damião contou tudo, o desgosto que lhe dava o seminário; estava certo de que não podia ser bom padre; falou com paixão, pediu-lhe que o salvasse.

– Como assim? Não posso nada.

– Pode, querendo.

– Não – replicou ela abanando a cabeça – não me meto em negócios de sua família, que mal conheço; e então seu pai, que dizem que é zangado!

Damião viu-se perdido. Ajoelhou-se-lhe aos pés, beijou-lhe as mãos, desesperado.

– Pode muito, Sinhá Rita; peço-lhe pelo amor de Deus, pelo que a senhora tiver de mais sagrado, por alma de seu marido, salve-me da morte, porque eu mato-me, se voltar para aquela casa.

Sinhá Rita, lisonjeada com as súplicas do moço, tentou chamá-lo a outros sentimentos. A vida de padre era santa e bonita, disse-lhe ela; o tempo lhe mostraria que era melhor vencer as repugnâncias e um dia... Não, nada, nunca! redarguia Damião, abanando a cabeça e beijando-lhe as mãos; e repetia que era a sua morte. Sinhá Rita hesitou ainda muito tempo; afinal perguntou-lhe por que não ia ter com o padrinho.

– Meu padrinho? Esse é ainda pior que papai; não me atende, duvido que atenda a ninguém...

– Não atende? – interrompeu Sinhá Rita ferida em seus brios.

– Ora, eu lhe mostro se atende ou não...

Chamou um moleque e bradou-lhe que fosse à casa do Sr. João Carneiro chamá-lo, já e já, e, se não estivesse em casa, perguntasse onde podia ser encontrado, e corresse a dizer-lhe que precisava muito de lhe falar imediatamente.

– Anda, moleque.

Damião suspirou alto e triste. Ela, para mascarar a autoridade com que dera aquelas ordens, explicou ao moço que o Sr. João Carneiro fora amigo do marido e arranjara-lhe algumas crias para ensinar. Depois, como ele continuasse triste, encostado a um portal, puxou-lhe o nariz, rindo:

– Ande lá, seu padreco, descanse que tudo se há de arranjar.

Sinhá Rita tinha quarenta anos na certidão de batismo, e vinte e sete nos olhos. Era apessoada, viva, patusca, amiga de rir; mas, quando convinha, brava como diabo. Quis alegrar o rapaz, e, apesar da situação, não lhe custou muito. Dentro de pouco, ambos eles riam, ela contava-lhe anedotas, e pedia-lhe outras, que ele referia com singular graça. Uma destas, estúrdia, obrigada a trejeitos, fez rir a uma das crias de Sinhá Rita, que esquecera o trabalho, para mirar e escutar o moço. Sinhá Rita pegou de uma vara que estava ao pé da marquesa, e ameaçou-a:

– Lucrécia, olha a vara!

A pequena abaixou a cabeça, aparando o golpe, mas o golpe não veio. Era uma advertência; se à noitinha a tarefa não estivesse pronta, Lucrécia receberia o castigo do costume. Damião olhou para a pequena; era uma negrinha, magricela, um frangalho de nada, com uma cicatriz na testa e uma queimadura na mão esquerda. Contava onze anos. Damião reparou que tossia, mas para dentro, surdamente, a fim de não interromper a conversação. Teve pena da negrinha, e resolveu apadrinhá-la, se não acabasse a tarefa. Sinhá Rita não lhe negaria o perdão... Demais, ela rira por achar-lhe graça; a culpa era sua, se há culpa em ter chiste.

Nisto, chegou João Carneiro. Empalideceu quando viu ali o afilhado, e olhou para Sinhá Rita, que não gastou tempo com preâmbulos. Disse-lhe que era preciso tirar o moço do seminário, que ele não tinha vocação para a vida eclesiástica, e antes um padre de menos que um padre ruim. Cá fora também se podia amar e servir a Nosso Senhor. João Carneiro, assombrado, não achou que replicar durante os primeiros minutos; afinal, abriu a boca e repreendeu o afilhado por ter vindo incomodar "pessoas estranhas", e em seguida afirmou que o castigaria.

– Qual castigar, qual nada! – interrompeu Sinhá Rita. – Castigar por quê? Vá, vá falar a seu compadre.

– Não afianço nada, não creio que seja possível...

– Há de ser possível, afianço eu. Se o senhor quiser – continuou ela com certo tom insinuativo – tudo se há de arranjar. Peça-lhe muito, que ele cede. Ande, Senhor João Carneiro, seu afilhado não volta para o seminário; digo-lhe que não volta...

– Mas, minha senhora...

– Vá, vá.

João Carneiro não se animava a sair, nem podia ficar. Estava entre um puxar de forças opostas. Não lhe importava, em suma, que o rapaz acabasse clérigo, advogado ou médico, ou outra qualquer coisa, vadio que fosse; mas o pior é que lhe cometiam uma luta ingente com os sentimentos mais íntimos do compadre, sem certeza do resultado; e, se este fosse negativo, outra luta com Sinhá Rita, cuja última palavra era ameaçadora: "digo-lhe que ele não volta". Tinha de haver por força um escândalo. João Carneiro estava com a pupila desvairada, a pálpebra trêmula, o peito ofegante. Os olhares que deitava a Sinhá Rita eram de súplica, mesclados de um tênue raio de censura. Por que lhe não pedia outra coisa? Por que lhe não ordenava que fosse a pé, debaixo de chuva, à Tijuca, ou Jacarepaguá? Mas logo persuadir ao compadre que mudasse a carreira do filho... Conhecia o velho; era capaz de lhe quebrar uma jarra na cara. Ah! se o rapaz caísse ali, de repente, apoplético, morto! Era uma solução – cruel, é certo, mas definitiva.

– Então? – insistiu Sinhá Rita.

Ele fez-lhe um gesto de mão que esperasse. Coçava a barba, procurando um recurso. Deus do céu! um decreto do papa dissolvendo a Igreja, ou, pelo menos, extinguindo os seminários, faria acabar tudo em bem. João Carneiro voltaria para casa e ia jogar os *três-setes*. Imaginai que o barbeiro de Napoleão era encarregado de comandar a batalha de Austerlitz... Mas a Igreja continuava, os seminários continuavam, o afilhado continuava cosido à parede, olhos baixos, esperando, sem solução apoplética.

– Vá, vá – disse Sinhá Rita dando-lhe o chapéu e a bengala.

Não teve remédio. O barbeiro meteu a navalha no estojo, travou da espada e saiu à campanha. Damião respirou; exteriormente deixou-se estar na mesma, olhos fincados no chão, acabrunhado. Sinha Rita puxou-lhe desta vez o queixo.

– Ande jantar, deixe-se de melancolias.

– A senhora crê que ele alcance alguma coisa?

– Há de alcançar tudo – redarguiu Sinhá Rita cheia de si. – Ande, que a sopa está esfriando.

Apesar do gênio galhofeiro de Sinhá Rita, e do seu próprio espírito leve, Damião esteve menos alegre ao jantar que na primeira parte do dia. Não fiava do caráter mole do padrinho. Contudo, jantou bem; e, para o fim, voltou às pilhérias da manhã. À sobremesa ouviu um rumor de gente na sala, e perguntou se o vinham prender.

– Hão de ser as moças.

Levantaram-se e passaram à sala. As moças eram cinco vizinhas que iam todas as tardes tomar café com Sinhá Rita, e ali ficavam até o cair da noite.

As discípulas, findo o jantar delas, tornaram às almofadas do trabalho; Sinhá Rita presidia a todo esse mulherio de casa e de fora. O sussurro dos bilros e o palavrear das moças eram ecos tão mundanos, tão alheios à teologia e ao latim, que o rapaz deixou-se ir por eles e esqueceu o resto. Durante os primeiros minutos, ainda houve da parte das vizinhas certo acanhamento; mas passou depressa. Uma delas cantou uma modinha, ao som da guitarra, tangida por Sinhá Rita, e a tarde foi passando depressa. Antes do fim, Sinhá Rita pediu a Damião que contasse certa anedota que lhe agradara muito. Era a tal que fizera rir Lucrécia.

– Ande, senhor Damião, não se faça de rogado, que as moças querem ir embora. Vocês vão gostar muito.

Damião não teve remédio senão obedecer. Malgrado o anúncio e a expectação, que serviam a diminuir o chiste e o efeito, a anedota acabou entre risadas das moças. Damião, contente de si, não esqueceu Lucrécia e olhou para ela, a ver se rira também. Viu-a com a cabeça metida na almofada para acabar a tarefa. Não ria; ou teria rido para dentro como tossia.

Saíram as vizinhas, e a tarde caiu de todo. A alma de Damião foi-se fazendo tenebrosa, antes da noite. Que estaria acontecendo? De instante a instante, ia espiar pela rótula, e voltava cada vez mais desanimado. Nem sombra do padrinho. Com certeza, o pai fê-lo calar, mandou chamar dois negros, foi à polícia pedir um pedestre, e aí vinha pegá-lo à força e levá-lo ao seminário. Damião perguntou a Sinhá Rita se a casa não teria saída pelos fundos; correu ao quintal, e calculou que podia saltar o muro. Quis ainda saber se haveria modo de fugir para a Rua da Vala, ou se era melhor falar a algum vizinho que fizesse o favor de o receber. O pior era a batina; se Sinhá Rita lhe pudesse arranjar um rodaque, uma sobrecasaca velha... Sinhá Rita dispunha justamente de um rodaque, lembrança ou esquecimento de João Carneiro.

– Tenho um rodaque do meu defunto – disse ela, rindo –; mas para que está com esses sustos? Tudo se há de arranjar, descanse.

Afinal, à boca da noite, apareceu um escravo do padrinho, com uma carta para Sinhá Rita. O negócio ainda não estava composto; o pai ficou furioso e quis quebrar tudo; bradou que não, senhor, que o peralta havia de ir para o seminário, ou então metia-o no Aljube ou na presiganga. João Carneiro lutou muito para conseguir que o compadre não resolvesse logo, que dormisse a noite, e meditasse bem se era conveniente dar à religião um sujeito tão rebelde e vicioso. Explicava na carta que falou assim para melhor ganhar a causa. Não a tinha por ganha, mas no dia seguinte lá iria ver o homem e teimar de novo. Concluía dizendo que o moço fosse para a casa dele.

Damião acabou de ler a carta e olhou para Sinhá Rita. “Não tenho outra tábua de salvação”, pensou ele. Sinhá Rita mandou vir um tinteiro de chifre, e na meia folha da própria carta escreveu esta resposta “Joãozinho, ou você salva o moço, ou nunca mais nos vemos". Fechou a carta com obreia, e deu-a ao escravo, para que a levasse depressa. Voltou a reanimar o seminarista, que estava outra vez no capuz da humildade e da consternação. Disse-lhe que sossegasse, que aquele negócio era agora dela.

– Hão de ver para quanto presto! Não, que eu não sou de brincadeiras!

Era a hora de recolher os trabalhos. Sinhá Rita examinou-os; todas as discípulas tinham concluído a tarefa. Só Lucrécia estava ainda à almofada, meneando os bilros, já sem ver; Sinhá Rita chegou-se a ela, viu que a tarefa não estava acabada, ficou furiosa, e agarrou-a por uma orelha.

– Ah! malandra!

– Nhanhã, nhanhã! pelo amor de Deus! por Nossa Senhora que está no céu.

– Malandra! Nossa Senhora não protege vadias!

Lucrécia fez um esforço, soltou-se das mãos da senhora, e fugiu para dentro; a senhora foi atrás e agarrou-a.

– Anda cá!

– Minha senhora, me perdoe! – tossia a negrinha.

– Não perdoo, não. Onde está a vara?

E tornaram ambas à sala, uma presa pela orelha, debatendo-se, chorando e pedindo; a outra dizendo que não, que a havia de castigar.

– Onde está a vara?

A vara estava à cabeceira da marquesa, do outro lado da sala. Sinhá Rita, não querendo soltar a pequena, bradou ao seminarista:

– Sr. Damião, dê-me aquela vara, faz favor?

Damião ficou frio... Cruel instante! Uma nuvem passou-lhe pelos olhos. Sim, tinha jurado apadrinhar a pequena, que por causa dele atrasara o trabalho...

– Dê-me a vara, Sr. Damião!

Damião chegou a caminhar na direção da marquesa. A negrinha pediu-lhe então por tudo o que houvesse mais sagrado, pela mãe, pelo pai, por Nosso Senhor...

– Me acuda, meu sinhô moço!

Sinhá Rita, com a cara em fogo e os olhos esbugalhados,

instava pela vara, sem largar a negrinha, agora presa de um acesso de tosse. Damião sentiu-se compungido; mas ele precisava tanto sair do seminário! Chegou à marquesa, pegou a vara e entregou-a a Sinhá Rita.

Pai contra mãe

A escravidão levou consigo ofícios e aparelhos, como terá sucedido a outras instituições sociais. Não cito alguns aparelhos senão por se ligarem a certo ofício. Um deles era o ferro ao pescoço, outro o ferro ao pé, havia também a máscara de folha de flandres. A máscara fazia perder o vício da embriaguez aos escravos, por lhes tapar a boca. Tinha só três buracos, dois para ver, um para respirar, e era fechada atrás da cabeça por um cadeado. Com o vício de beber, perdiam a tentação de furtar, porque geralmente era dos vinténs do senhor que eles tiravam com que matar a sede, e aí ficavam dois pecados extintos, e a sobriedade e a honestidade certas. Era grotesca tal máscara, mas a ordem social e humana nem sempre se alcança sem o grotesco, e alguma vez o cruel. Os funileiros as tinham penduradas, à venda, na porta das lojas. Mas não cuidemos de máscaras.

O ferro ao pescoço era aplicado aos escravos fujões. Imaginai uma coleira grossa, com a haste grossa também à direita ou à esquerda, até ao alto da cabeça e fechada atrás com chave. Pesava, naturalmente, mas era menos castigo que sinal. Escravo que fugia assim, onde quer que andasse, mostrava um reincidente, e com pouco era pegado.

Há meio século, os escravos fugiam com frequência. Eram muitos, e nem todos gostavam da escravidão. Sucedia ocasionalmente apanharem pancada, e nem todos gostavam de apanhar pancada. Grande parte era apenas repreendida; havia alguém de casa que servia de padrinho, e o mesmo dono não era mau; além disso, o sentimento da propriedade moderava a ação, porque dinheiro também dói. A fuga repetia-se, entretanto. Casos houve, ainda que raros, em que o escravo de contrabando, apenas comprado no Valongo, deitava a correr, sem conhecer as ruas da cidade. Dos que seguiam para casa, não raro, apenas ladinos, pediam ao senhor que lhes marcasse aluguel, e iam ganhá-lo fora, quitandando.

Quem perdia um escravo por fuga dava algum dinheiro a quem lho levasse. Punha anúncios nas folhas públicas, com os sinais do fugido, o nome, a roupa, o defeito físico, se o tinha, o bairro por onde andava e a quantia de gratificação. Quando não vinha a quantia, vinha promessa: "gratificar-se-á generosamente" – ou "receberá uma boa gratificação". Muita vez o anúncio trazia em cima ou ao lado uma vinheta, figura de preto, descalço, correndo, vara ao ombro, e na ponta uma trouxa. Protestava-se com todo o rigor da lei contra quem o acoutasse.

Ora, pegar escravos fugidios era um ofício do tempo. Não seria nobre, mas por ser instrumento da força com que se mantêm a lei e a propriedade, trazia esta outra nobreza implícita das ações reivindicadoras. Ninguém se metia em tal ofício por desfastio ou estudo; a pobreza, a necessidade de uma achega, a inaptidão para outros trabalhos, o acaso, e alguma vez o gosto de servir também, ainda que por outra via, davam o impulso ao homem que se sentia bastante rijo para pôr ordem à desordem.

Cândido Neves – em família, Candinho – é a pessoa a quem se liga a história de uma fuga, cedeu à pobreza, quando adquiriu o ofício de pegar escravos fugidos. Tinha um defeito grave esse homem, não aguentava emprego nem ofício, carecia de estabilidade; é o que ele chamava caiporismo. Começou por querer aprender tipografia, mas viu cedo que era preciso algum tempo para compor bem e ainda assim talvez não ganhasse o bastante; foi o que ele disse a si mesmo. O comércio chamou-lhe a atenção, era carreira boa. Com algum esforço entrou de caixeiro para um armarinho. A obrigação, porém, de atender e servir a todos feria-o na corda do orgulho, e ao cabo de cinco ou seis semanas estava na rua por sua vontade. Fiel de cartório, contínuo de uma repartição anexa ao Ministério do Império, carteiro e outros empregos foram deixados pouco depois de obtidos.

Quando veio a paixão da moça Clara, não tinha ele mais que dívidas, ainda que poucas, porque morava com um primo, entalhador de ofício. Depois de várias tentativas para obter emprego, resolveu adotar o ofício do primo, de que aliás já tomara algumas lições. Não lhe custou apanhar outras, mas, querendo aprender depressa, aprendeu mal. Não fazia obras finas nem complicadas, apenas garras para sofás e relevos comuns para cadeiras. Queria ter em que trabalhar quando casasse, e o casamento não se demorou muito.

Contava trinta anos. Clara vinte e dois. Ela era órfã, morava com uma tia, Mônica, e cosia com ela. Não cosia tanto que não namorasse o seu pouco, mas os namorados apenas queriam matar o tempo; não tinham outro empenho. Passavam às tardes, olhavam muito para ela, ela para eles, até que a noite a fazia recolher para a costura. O que ela notava é que nenhum deles lhe deixava saudades nem lhe acendia desejos. Talvez nem soubesse o nome de muitos. Queria casar, naturalmente. Era, como lhe dizia a tia, um pescar de caniço, a ver se o peixe pegava, mas o peixe passava de longe; algum que parasse, era só para andar à roda da isca, mirá-la, cheirá-la, deixá-la e ir a outras.

O amor traz sobrescritos. Quando a moça viu Cândido Neves, sentiu que era este o possível marido, o marido verdadeiro e único. O encontro deu-se em um baile; tal foi – para lembrar o primeiro ofício do namorado – tal foi a página inicial daquele livro, que tinha de sair malcomposto e pior brochado. O casamento fez-se onze meses depois, e foi a mais bela festa das relações dos noivos. Amigas de Clara, menos por amizade que por inveja, tentaram arredá-la do passo que ia dar. Não negavam a gentileza do noivo, nem o amor que lhe tinha, nem ainda algumas virtudes; diziam que era dado em demasia a patuscadas.

– Pois ainda bem – replicava a noiva; ao menos, não caso com defunto.

– Não, defunto não; mas é que...

Não diziam o que era. Tia Mônica, depois do casamento, na casa pobre onde eles se foram abrigar, falou-lhes uma vez nos filhos possíveis. Eles queriam um, um só, embora viesse agravar a necessidade.

– Vocês, se tiverem um filho, morrem de fome – disse a tia à sobrinha.

– Nossa Senhora nos dará de comer – acudiu Clara.

Tia Mônica devia ter-lhes feito a advertência, ou ameaça, quando ele lhe foi pedir a mão da moça; mas também ela era amiga de patuscadas, e o casamento seria uma festa, como foi.

A alegria era comum aos três. O casal ria a propósito de tudo. Os mesmos nomes eram objeto de trocados, Clara, Neves, Cândido; não davam que comer, mas davam que rir, e o riso digeria-se sem esforço. Ela cosia agora mais, ele saía a empreitadas de uma coisa e outra; não tinha emprego certo.

Nem por isso abriam mão do filho. O filho é que, não sabendo daquele desejo específico, deixava-se estar escondido na eternidade. Um dia, porém, deu sinal de si a criança, varão ou fêmea, era o fruto abençoado que viria trazer ao casal a suspirada ventura. Tia Mônica ficou desorientada, Cândido e Clara riram dos seus sustos.

– Deus nos há de ajudar, titia – insistia a futura mãe.

A notícia correu de vizinha a vizinha. Não houve mais que espreitar a aurora do dia grande. A esposa trabalhava agora com mais vontade, e assim era preciso, uma vez que, além das costuras pagas, tinha de ir fazendo com retalhos o enxoval da criança. À força de pensar nela, vivia já com ela, media-lhe fraldas, cosia-lhe camisas. A porção era escassa, os intervalos longos. Tia Mônica ajudava é certo, ainda que de má vontade.

– Vocês verão a triste vida – suspirava ela.

– Mas as outras crianças não nascem também? – perguntou Clara.

– Nascem, e acham sempre alguma coisa certa que comer, ainda que pouco...

– Certa como?

– Certa, um emprego, um ofício, uma ocupação, mas em que é que o pai dessa infeliz criatura que aí vem gasta o tempo?

Cândido Neves, logo que soube daquela advertência, foi ter com a tia, não áspero, mas muito menos manso que de costume, e lhe perguntou se já algum dia deixara de comer.

– A senhora ainda não jejuou senão pela semana santa, e isso mesmo quando não quer jantar comigo. Nunca deixamos de ter o nosso bacalhau...

– Bem sei, mas somos três.

– Seremos quatro.

– Não é a mesma coisa.

– Que quer então que eu faça, além do que faço?

– Alguma coisa mais certa. Veja o marceneiro da esquina, o homem do armarinho, o tipógrafo que casou sábado, todos têm um emprego certo... Não fique zangado; não digo que você seja vadio, mas a ocupação que escolheu é vaga. Você passa semanas sem vintém.

– Sim, mas lá vem uma noite que compensa tudo, até de sobra. Deus não me abandona, e preto fugido sabe que comigo não brinca; quase nenhum resiste, muitos entregam-se logo.

Tinha glória nisto, falava da esperança como de capital seguro. Daí a pouco ria, e fazia rir à tia, que era naturalmente alegre, e previa uma patuscada no batizado.

Cândido Neves perdera já o ofício de entalhador, como abrira mão de outros muitos, melhores ou piores. Pegar escravos fugidos trouxe-lhe um encanto novo. Não obrigava a estar longas horas sentado. Só exigia força, olho vivo, paciência, coragem e um pedaço de corda. Cândido Neves lia os anúncios, copiava-os, metia-os no bolso e saía às pesquisas. Tinha boa memória. Fixados os sinais e os costumes de um escravo fugido, gastava pouco tempo em achá-lo, segurá-lo, amarrá-lo e levá-lo. A força era muita, a agilidade também. Mais de uma vez, a uma esquina, conversando de coisas remotas, via passar um escravo como os outros, e descobria logo que ia fugido, quem era, o nome, o dono, a casa deste e a gratificação; interrompia a conversa e ia atrás do vicioso. Não o apanhava logo, espreitava lugar azado, e de um salto tinha a gratificação nas mãos. Nem sempre saía sem sangue, as unhas e os dentes do outro trabalhavam, mas geralmente ele os vencia sem o menor arranhão.

Um dia os lucros entraram a escassear. Os escravos fugidos não vinham já, como dantes, meter-se nas mãos de Cândido Neves. Havia mãos novas e hábeis. Como o negócio crescesse, mais de um desempregado pegou em si e numa corda, foi aos jornais, copiou anúncios e deitou-se à caçada. No próprio bairro havia mais de um competidor. Quer dizer que as dívidas de Cândido Neves começaram de subir, sem aqueles pagamentos prontos ou quase prontos dos primeiros tempos. A vida fez-se difícil e dura. Comia-se fiado e mal; comia-se tarde. O senhorio mandava pelos aluguéis.

Clara não tinha sequer tempo de remendar a roupa ao marido, tanta era a necessidade de coser para fora. Tia Mônica ajudava a sobrinha, naturalmente. Quando ele chegava à tarde, via-se-lhe pela cara que não trazia vintém. Jantava e saía outra vez, à cata de algum fugido. Já lhe sucedia, ainda que raro, enganar-se de pessoa, e pegar em escravo fiel que ia a serviço de seu senhor; tal era a cegueira da necessidade. Certa vez capturou um preto livre; desfez-se em desculpas, mas recebeu grande soma de murros que lhe deram os parentes do homem.

– É o que lhe faltava! – exclamou a tia Mônica, ao vê-lo entrar, e depois de ouvir narrar o equívoco e suas consequências. – Deixe-se disso, Candinho, procure outra vida, outro emprego.

Cândido quisera efetivamente fazer outra coisa, não pela razão do conselho, mas por simples gosto de trocar de ofício; seria um modo de mudar de pele ou de pessoa. O pior é que não achava à mão negócio que aprendesse depressa.

A natureza ia andando, o feto crescia, até fazer-se pesado à mãe, antes de nascer. Chegou o oitavo mês, mês de angústias e necessidades, menos ainda que o nono, cuja narração dispenso também. Melhor é dizer somente os seus efeitos. Não podiam ser mais amargos.

– Não, tia Mônica! – bradou Candinho, recusando um conselho que me custa escrever, quanto mais ao pai ouvi-lo. Isso nunca!

Foi na última semana do derradeiro mês que a tia Mônica deu ao casal o conselho de levar a criança que nascesse à Roda dos Enjeitados. Em verdade, não podia haver palavra mais dura de tolerar a dois jovens pais que espreitavam a criança, para beijá-la, guardá-la, vê-la rir, crescer, engordar, pular... Enjeitar quê? enjeitar como? Candinho arregalou os olhos para a tia, e acabou dando um murro na mesa de jantar. A mesa, que era velha e desconjuntada, esteve quase a se desfazer inteiramente. Clara interveio.

– Titia não fala por mal, Candinho.

– Por mal? – replicou tia Mônica. – Por mal ou por bem, seja o que for, digo que é o melhor que vocês podem fazer. Vocês devem tudo; a carne e o feijão vão faltando. Se não aparecer algum dinheiro, como é que a família há de aumentar? E depois, há tempo; mais tarde, quando o senhor tiver a vida mais segura, os filhos que vierem serão recebidos com o mesmo cuidado que este ou maior. Este será bem-criado, sem lhe faltar nada. Pois então a Roda é alguma praia ou monturo? Lá não se mata ninguém, ninguém morre à toa, enquanto que aqui é certo morrer, se viver à míngua. Enfim...

Tia Mônica terminou a frase com um gesto de ombros, deu as costas e foi meter-se na alcova. Tinha já insinuado aquela solução, mas era a primeira vez que o fazia com tal franqueza e calor – crueldade, se preferes. Clara estendeu a mão ao marido, como a amparar-lhe o ânimo; Cândido Neves fez uma careta, e chamou maluca à tia, em voz baixa. A ternura dos dois foi interrompida por alguém que batia à porta da rua.

– Quem é? – perguntou o marido.

– Sou eu.

Era o dono da casa, credor de três meses de aluguel, que vinha em pessoa ameaçar o inquilino. Este quis que ele entrasse.

– Não é preciso.

– Faça favor.

O credor entrou e recusou sentar-se; deitou os olhos à mobília para ver se daria algo à penhora; achou que pouco. Vinha receber os aluguéis vencidos, não podia esperar mais; se dentro de cinco dias não fosse pago, pô-lo-ia na rua. Não havia trabalhado para regalo dos outros. Ao vê-lo, ninguém diria que era proprietário; mas a palavra supria o que faltava ao gesto, e o pobre Cândido Neves preferiu calar a retorquir. Fez uma inclinação de promessa e súplica ao mesmo tempo. O dono da casa não cedeu mais.

– Cinco dias ou rua! – repetiu, metendo a mão no ferrolho da porta e saindo.

Candinho saiu por outro lado. Nesses lances não chegava nunca ao desespero, contava com algum empréstimo, não sabia como nem onde, mas contava. Demais, recorreu aos anúncios. Achou vários, alguns já velhos, mas em vão os buscava desde muito. Gastou algumas horas sem proveito, e tornou para casa. Ao fim de quatro dias, não achou recursos; lançou mão de empenhos, foi a pessoas amigas do proprietário, não alcançando mais que a ordem de mudança.

A situação era aguda. Não achavam casa, nem contavam com pessoa que lhes emprestasse alguma; era ir para a rua. Não contavam com a tia. Tia Mônica teve arte de alcançar aposento para os três em casa de uma senhora velha e rica, que lhe prometeu emprestar os quartos baixos da casa, ao fundo da cocheira, para os lados de um pátio. Teve ainda a arte maior de não dizer nada aos dois, para que Cândido Neves, no desespero da crise, começasse por enjeitar o filho e acabasse alcançando algum meio seguro e regular de obter dinheiro; emendar a vida, em suma. Ouvia as queixas de Clara, sem as repetir, é certo, mas sem as consolar. No dia em que fossem obrigados a deixar a casa, fá-los-ia espantar com a notícia do obséquio e iriam dormir melhor do que cuidassem.

Assim sucedeu. Postos fora da casa, passaram ao aposento de favor, e dois dias depois nasceu a criança. A alegria do pai foi enorme, e a tristeza também. Tia Mônica insistiu em dar a criança à Roda. "Se você não a quer levar, deixe isso comigo; eu vou à Rua dos Barbonos." Cândido Neves pediu que não, que esperasse, que ele mesmo a levaria. Notai que era um menino, e que ambos os pais desejavam justamente este sexo. Mal lhe deram algum leite; mas, como chovesse à noite, assentou o pai levá-lo à Roda na noite seguinte.

Naquela reviu todas as suas notas de escravos fugidos. As gratificações pela maior parte eram promessas, algumas traziam a soma escrita e escassa. Uma, porém, subia a cem mil-réis. Tratava-se de uma mulata; vinham indicações de gesto e de vestido. Cândido Neves andara a pesquisá-la sem melhor fortuna, e abrira mão do negócio; imaginou que algum amante da escrava a houvesse recolhido. Agora, porém, a vista nova da quantia e a necessidade dela animaram Cândido Neves a fazer um grande esforço derradeiro. Saiu de manhã a ver e indagar pela Rua e Largo da Carioca, Rua do Parto e da Ajuda, onde ela parecia andar, segundo o anúncio. Não a achou; apenas um farmacêutico da Rua da Ajuda se lembrava de ter vendido uma onça de qualquer droga, três dias antes, à pessoa que tinha os sinais indicados. Cândido Neves parecia falar como dono da escrava, e agradeceu cortesmente a notícia. Não foi mais feliz com outros fugidos de gratificação incerta ou barata.

Voltou para a triste casa que lhe haviam emprestado. Tia Mônica arranjara de si mesma a dieta para a recente mãe, e tinha já o menino para ser levado à Roda. O pai, não obstante o acordo feito, mal pôde esconder a dor do espetáculo. Não quis comer o que tia Mônica lhe guardara; não tinha fome, disse, e era verdade. Cogitou mil modos de ficar com o filho; nenhum prestava. Não podia esquecer o próprio albergue em que vivia. Consultou a mulher, que se mostrou resignada. Tia Mônica pintara-lhe a criação do menino; seria maior a miséria, podendo suceder que o filho achasse a morte sem recurso. Cândido Neves foi obrigado a cumprir a promessa; pediu à mulher que desse ao filho o resto do leite que ele beberia da mãe. Assim se fez; o pequeno adormeceu, o pai pegou dele, e saiu na direção da Rua dos Barbonos.

Que pensasse mais de uma vez em voltar para casa com ele, é certo; não menos certo é que o agasalhava muito, que o beijava, que lhe cobria o rosto para preservá-lo do sereno. Ao entrar na Rua da Guarda Velha, Cândido Neves começou a afrouxar o passo.

– Hei de entregá-lo o mais tarde que puder – murmurou ele.

Mas, não sendo a rua infinita ou sequer longa, viria a acabá-la; foi então que lhe ocorreu entrar por um dos becos que ligavam aquela à Rua da Ajuda. Chegou ao fim do beco e indo a dobrar à direita, na direção do Largo da Ajuda, viu do lado oposto um vulto de mulher; era a mulata fugida. Não dou aqui a comoção de Cândido Neves por não podê-lo fazer com a intensidade real. Um adjetivo basta; digamos enorme. Descendo a mulher, desceu ele também; a poucos passos estava a farmácia onde obtivera a informação, que referi acima. Entrou, achou o farmacêutico, pediu-lhe a fineza de guardar a criança por um instante; viria buscá-la sem falta.

– Mas...

Cândido Neves não lhe deu tempo de dizer nada; saiu rápido atravessou a rua, até ao ponto em que pudesse pegar a mulher sem dar alarma. No extremo da rua, quando ela ia a descer a de São José, Cândido Neves aproximou-se dela. Era a mesma, era a mulata fujona.

– Arminda! – bradou, conforme a nomeava o anúncio.

Arminda voltou-se sem cuidar malícia. Foi só quando ele, tendo tirado o pedaço de corda da algibeira, pegou dos braços da escrava, que ela compreendeu e quis fugir. Era já impossível. Cândido Neves com as mãos robustas, atava-lhe os pulsos e dizia que andasse. A escrava quis gritar, parece que chegou a soltar alguma voz mais alta que de costume, mas entendeu logo que ninguém viria libertá-la, ao contrário. Pediu então que a soltasse pelo amor de Deus.

– Estou grávida, meu senhor! – exclamou. – Se Vossa Senhoria tem algum filho, peço-lhe por amor dele que me solte; eu serei sua escrava, vou servi-lo pelo tempo que quiser. Me solte, meu senhor moço!

– Siga! – repetiu Cândido Neves.

– Me solte!

– Não quero demoras; siga!

Houve aqui luta, porque a escrava, gemendo, arrastava-se a si e ao filho. Quem passava ou estava à porta de uma loja compreendia o que era e naturalmente não acudia. Arminda ia alegando que o senhor era muito mau, e provavelmente a castigaria com açoutes – coisa que, no estado em que ela estava, seria pior de sentir. Com certeza, ele lhe mandaria dar açoutes.

– Você é que tem culpa. Quem lhe manda fazer filhos e fugir depois? – perguntou Cândido Neves.

Não estava em maré de riso, por causa do filho que lá ficara na farmácia, à espera dele. Também é certo que não costumava dizer grandes coisas. Foi arrastando a escrava pela Rua dos Ourives, em direção à da Alfândega, onde residia o senhor. Na esquina desta a luta cresceu; a escrava pôs os pés à parede, recuou com grande esforço, inutilmente. O que alcançou foi, apesar de ser a casa próxima, gastar mais tempo em lá chegar do que devera. Chegou, enfim arrastada, desesperada, arquejando. Ainda ali ajoelhou-se, mas em vão. O senhor estava em casa, acudiu ao chamado e ao rumor.

– Aqui está a fujona – disse Cândido Neves.

– É ela mesma.

– Meu senhor!

– Anda, entra...

Arminda caiu no corredor. Ali mesmo o senhor da escrava abriu a carteira e tirou os cem mil-réis de gratificação. Cândido Neves guardou as duas notas de cinquenta mil-réis, enquanto o senhor novamente dizia à escrava que entrasse. No chão, onde jazia, levada do medo e da dor, e após algum tempo de luta a escrava abortou.

O fruto de algum tempo entrou sem vida neste mundo, entre os gemidos da mãe e os gestos de desespero do dono. Cândido Neves viu todo esse espetáculo. Não sabia que horas eram. Quaisquer que fossem, urgia correr à Rua da Ajuda, e foi o que ele fez sem querer conhecer as consequências do desastre.

Quando lá chegou, viu o farmacêutico sozinho, sem o filho que lhe entregara. Quis esganá-lo. Felizmente, o farmacêutico explicou tudo a tempo; o menino estava lá dentro com a família, e ambos entraram. O pai recebeu o filho com a mesma fúria com que pegara a escrava fujona de há pouco, fúria diversa, naturalmente, fúria de amor. Agradeceu depressa e mal, e saiu às carreiras, não para a Roda dos enjeitados, mas para a casa de empréstimo com o filho e os cem mil-réis de gratificação. Tia Mônica, ouvida a explicação, perdoou a volta do pequeno, uma vez que trazia os cem mil-réis. Disse, é verdade, algumas palavras duras contra a escrava, por causa do aborto, além da fuga. Cândido Neves, beijando o filho, entre lágrimas verdadeiras, abençoava a fuga e não se lhe dava do aborto.

– Nem todas as crianças vingam – bateu-lhe o coração.

Capítulo dos chapéus

Géronte
Dans quel chapitre, s'il vous plaît?

Sganarelle
Dans le chapitre des chapeaux.

Molière

Musa, canta o despeito de Mariana, esposa do bacharel Conrado Seabra, naquela manhã de abril de 1879. Qual a causa de tamanho alvoroço? Um simples chapéu, leve, não deselegante, um chapéu baixo. Conrado, advogado, com escritório na Rua da Quitanda, trazia-o todos os dias à cidade, ia com ele às audiências; só não o levava às recepções, teatro lírico, enterros e visitas de cerimônia. No mais era constante, e isto desde cinco ou seis anos, que tantos eram os do casamento. Ora, naquela singular manhã de abril, acabado o almoço, Conrado começou a enrolar um cigarro, e Mariana anunciou sorrindo que ia pedir-lhe uma coisa.

– Que é, meu anjo?

– Você é capaz de fazer-me um sacrifício?

– Dez, vinte...

– Pois então não vá mais à cidade com aquele chapéu.

– Por quê? É feio?

– Não digo que seja feio; mas é cá para fora, para andar na vizinhança, à tarde ou à noite, mas na cidade, um advogado, não me parece que...

– Que tolice, iaiá!

– Pois sim, mas faz-me este favor, faz?

Conrado riscou um fósforo, acendeu o cigarro, e fez-lhe um gesto de gracejo, para desconversar; mas a mulher teimou. A teima, a princípio frouxa e súplice, tornou-se logo imperiosa e áspera. Conrado ficou espantado. Conhecia a mulher; era, de ordinário, uma criatura passiva, meiga, de uma plasticidade de encomenda, capaz de usar com a mesma divina indiferença tanto um diadema régio como uma touca. A prova é que, tendo tido uma vida de andarilha nos últimos dois anos de solteira, tão depressa casou como se afez aos hábitos quietos. Saía às vezes, e a maior parte delas por instâncias do próprio consorte; mas só estava comodamente em casa. Móveis, cortinas, ornatos supriam-lhe os filhos; tinha-lhes um amor de mãe; e tal era a concordância da pessoa com o meio, que ela saboreava os trastes na posição ocupada, as cortinas com as dobras do costume, e assim o resto. Uma das três janelas, por exemplo, que davam para a rua, vivia sempre meia aberta; nunca era outra. Nem o gabinete do marido escapava às exigências monótonas da mulher, que mantinha sem alteração a desordem dos livros, e até chegava a restaurá-la. Os hábitos mentais seguiam a mesma uniformidade. Mariana dispunha de mui poucas noções, e nunca lera senão os mesmos livros: a *Moreninha* de Macedo, sete vezes; *Ivanhoé* e o *Pirata* de Walter Scott, dez vezes; o *Mot de l'Énigme,* de Madame Craven, onze vezes.

Isto posto, como explicar o caso do chapéu? Na véspera, à noite, enquanto o marido fora a uma sessão do Instituto da Ordem dos Advogados, o pai de Mariana veio à casa deles. Era um bom velho, magro, pausado, ex-funcionário público, ralado de saudades do tempo em que os empregados iam de casaca para as suas repartições. Casaca era o que ele, ainda agora, levava aos enterros, não pela razão que o leitor suspeita, a solenidade da morte ou a gravidade da despedida última, mas por esta menos filosófica, por ser um costume antigo. Não dava outra, nem da casaca nos enterros, nem do jantar às duas horas, nem de vinte usos mais. E tão aferrado aos hábitos, que no aniversário do casamento da filha, ia para lá às seis horas da tarde, jantado e digerido, via comer, e no fim aceitava um pouco de doce, um cálice de vinho e café. Tal era o sogro de Conrado; como supor que ele aprovasse o chapéu baixo do genro? Suportava-o calado, em atenção às qualidades da pessoa; nada mais. Acontecera-lhe, porém, naquele dia, vê-lo de relance na rua, de palestra com outros chapéus altos de homens públicos, e nunca lhe pareceu tão torpe. De noite, encontrando a filha sozinha, abriu-lhe o coração; pintou-lhe o chapéu baixo como a abominação das abominações, e instou com ela para que o fizesse desterrar.

Conrado ignorava essa circunstância, origem do pedido. Conhecendo a docilidade da mulher, não entendeu a resistência; e, porque era autoritário, e voluntarioso, a teima veio irritá-lo profundamente. Conteve-se ainda assim; preferiu mofar do caso; falou-lhe com tal ironia e desdém, que a pobre dama sentiu-se humilhada. Mariana quis levantar-se duas vezes; ele obrigou-a a ficar, a primeira pegando-lhe levemente no pulso, a segunda subjugando-a com o olhar. E dizia sorrindo:

– Olhe, iaiá, tenho uma razão filosófica para não fazer o que você me pede. Nunca lhe disse isto; mas já agora confio-lhe tudo.

Mariana mordia o lábio, sem dizer mais nada; pegou de uma faca, e entrou a bater com ela devagarinho para fazer alguma coisa; mas, nem isso mesmo consentiu o marido, que lhe tirou a faca delicadamente, e continuou:

– A escolha do chapéu não é uma ação indiferente, como você pode supor; é regida por um princípio metafísico. Não cuide que quem compra um chapéu exerce uma ação voluntária e livre; a verdade é que obedece a um determinismo obscuro. A ilusão da liberdade existe arraigada nos compradores, e é mantida pelos chapeleiros que, ao verem um freguês ensaiar trinta ou quarenta chapéus, e sair sem comprar nenhum, imaginam que ele está procurando livremente uma combinação elegante. O princípio metafísico é este: o chapéu é a integração do homem, um prolongamento da cabeça, um complemento decretado *ab eterno*; ninguém o pode trocar sem mutilação. É uma questão profunda que ainda não ocorreu a ninguém. Os sábios têm estudado tudo desde o astro até o verme, ou, para exemplificar bibliograficamente, desde Laplace... Você nunca leu Laplace? Desde Laplace e a *Mecânica celeste* até Darwin e o seu curioso livro das *Minhocas*, e, entretanto, não se lembraram ainda de parar diante do chapéu e estudá-lo por todos os lados. Ninguém advertiu que há uma metafísica do chapéu. Talvez eu escreva uma memória a este respeito. São nove horas e três quartos; não tenho tempo de dizer mais nada; mas você reflita consigo, e verá... Quem sabe? Pode ser até que nem mesmo o chapéu seja complemento do homem, mas o homem do chapéu...

Mariana venceu-se afinal, e deixou a mesa. Não entendera nada daquela nomenclatura áspera nem da singular teoria; mas sentiu que era um sarcasmo, e, dentro de si, chorava de vergonha. O marido subiu para vestir-se; desceu daí a alguns minutos, e parou diante dela com o famoso chapéu na cabeça. Mariana achou-o, na verdade, torpe, ordinário, vulgar, nada sério. Conrado despediu-se cerimoniosamente e saiu.

A irritação da dama tinha afrouxado muito; mas o sentimento de humilhação subsistia. Mariana não chorou, não clamou, como supunha que ia fazer; mas, consigo mesma, recordou a simplicidade do pedido, os sarcasmos de Conrado, e, posto reconhecesse que fora um pouco exigente, não achava justificação para tais excessos. Ia de um lado para outro, sem poder parar; foi à sala de visitas, chegou à janela meia aberta, viu ainda o marido, na rua, à espera do *bond*, de costas para casa, com o eterno e torpíssimo chapéu na cabeça. Mariana sentiu-se tomada de ódio contra essa peça ridícula; não compreendia como pudera suportá-la por tantos anos. E relembrava os anos, pensava na docilidade dos seus modos, na aquiescência a todas as vontades e caprichos do marido, e perguntava a si mesma se não seria essa justamente a causa do excesso daquela manhã. Chamava-se tola, moleirona; se tivesse feito como tantas outras, a Clara e a Sofia, por exemplo, que tratavam os maridos como eles deviam ser tratados, não lhe aconteceria nem metade, nem uma sombra do que lhe aconteceu. De reflexão em reflexão, chegou à ideia de sair. Vestiu-se, e foi à casa da Sofia, uma antiga companheira de colégio, com o fim de espairecer, não de lhe contar nada.

Sofia tinha trinta anos, mais dois que Mariana. Era alta, forte, muito senhora de si. Recebeu a amiga com as festas do costume; e, posto que esta lhe não dissesse nada, adivinhou que trazia um desgosto e grande. Adeus, planos de Mariana! Daí a vinte minutos contava-lhe tudo. Sofia riu dela, sacudiu os ombros; disse-lhe que a culpa não era do marido.

– Bem sei, é minha – concordava Mariana.

– Não seja tola, iaiá! Você tem sido muito mole com ele. Mas seja forte uma vez; não faça caso; não lhe fale tão cedo; e se ele vier fazer as pazes, diga-lhe que mude primeiro de chapéu.

– Veja você, uma coisa de nada...

– No fim de contas, ele tem muita razão; tanta como outros. Olhe a pamonha da Beatriz; não foi agora para a roça, só porque o marido implicou com um inglês que costumava passar a cavalo de tarde? Coitado do inglês! Naturalmente nem deu pela falta. A gente pode viver bem com seu marido, respeitando-se, não indo contra os desejos um do outro, sem pirraças, nem despotismo. Olhe, eu cá vivo muito bem com o meu Ricardo; temos muita harmonia. Não lhe peço uma coisa que ele me não faça logo; mesmo quando não tem vontade nenhuma, basta que eu feche a cara, obedece logo. Não era ele que teimaria assim por causa de um chapéu! Tinha que ver! Pois não! Onde iria ele parar! Mudava de chapéu, quer quisesse, quer não.

Mariana ouvia com inveja essa bela definição do sossego conjugal. A rebelião de Eva embocava nela os seus clarins; e o contato da amiga dava-lhe um prurido de independência e vontade. Para completar a situação, esta Sofia não era só muito senhora de si, mas também dos outros; tinha olhos para todos os ingleses, a cavalo ou a pé. Honesta, mas namoradeira; o termo é cru, e não há tempo de compor outro mais brando. Namorava a torto e a direito, por uma necessidade natural, um costume de solteira. Era o troco miúdo do amor, que ela distribuía a todos os pobres que lhe batiam à porta: um níquel a um, outro a outro; nunca uma nota de cinco mil-réis, menos ainda uma apólice. Ora este sentimento caritativo induziu-a a propor à amiga que fossem passear, ver as lojas, contemplar a vista de outros chapéus bonitos e graves. Mariana aceitou; um certo demônio soprava nela as fúrias da vingança. Demais, a amiga tinha o dom de fascinar, virtude de Bonaparte, e não lhe deu tempo de refletir. Pois sim, iria, estava cansada de viver cativa. Também queria gozar um pouco etc. etc.

Enquanto Sofia foi vestir-se, Mariana deixou-se estar na sala, irrequieta e contente consigo mesma. Planeou a vida de toda aquela semana, marcando os dias e horas de cada coisa, como numa viagem oficial. Levantava-se, sentava-se, ia à janela, à espera da amiga.

– Sofia parece que morreu – dizia de quando em quando.

De uma das vezes que foi à janela, viu passar um rapaz a cavalo. Não era inglês, mas lembrou-lhe a outra, que o marido levou para a roça, desconfiado de um inglês, e sentiu crescer-lhe o ódio contra a raça masculina – com exceção, talvez, dos rapazes a cavalo. Na verdade, aquele era afetado demais; esticava a perna no estribo com evidente vaidade das botas, dobrava a mão na cintura, com um ar de figurino. Mariana notou-lhe esses dois defeitos; mas achou que o chapéu resgatava-os; não que fosse um chapéu alto; era baixo, mas próprio do aparelho equestre. Não cobria a cabeça de um advogado indo gravemente para o escritório, mas a de um homem que espairecia ou matava o tempo.

Os tacões de Sofia desceram a escada, compassadamente. Pronta! disse ela daí a pouco, ao entrar na sala. Realmente, estava bonita. Já sabemos que era alta. O chapéu aumentava-lhe o ar senhoril; e um diabo de vestido de seda preta, arredondando-lhe as formas do busto, fazia-a ainda mais vistosa. Ao pé dela, a figura de Mariana desaparecia um pouco. Era preciso atentar primeiro nesta para ver que possuía feições mui graciosas, uns olhos lindos, muita e natural elegância. O pior é que a outra dominava desde logo; e onde houvesse pouco tempo de as ver, tomava-o Sofia para si. Este reparo seria incompleto, se eu não acrescentasse que Sofia tinha consciência da superioridade, e que apreciava por isso mesmo as belezas do gênero Mariana, menos derramadas e aparentes. Se é um defeito, não me compete emendá-lo.

– Onde vamos nós? – perguntou Mariana.

– Que tolice!, vamos passear à cidade... Agora me lembro, vou tirar o retrato; depois vou ao dentista. Não; primeiro vamos ao dentista. Você não precisa ir ao dentista?

– Não.

– Nem tirar o retrato?

– Já tenho muitos. E para quê? para dá-lo "àquele senhor"?

Sofia compreendeu que o ressentimento da amiga persistia, e, durante o caminho, tratou de lhe pôr um ou dois bagos mais de pimenta. Disse-lhe que, embora fosse difícil, ainda era tempo de libertar-se. E ensinava-lhe um método para substrair-se à tirania. Não convinha ir logo de um salto, mas devagar, com segurança, de maneira que ele desse por si quando ela lhe pusesse o pé no pescoço. Obra de algumas semanas, três a quatro, não mais. Ela, Sofia, estava pronta a ajudá-la. E repetia-lhe que não fosse mole, que não era escrava de ninguém etc. Mariana ia cantando dentro do coração a marselhesa do matrimônio.

Chegaram à Rua do Ouvidor. Era pouco mais do meio-dia. Muita gente, andando ou parada, o movimento de costume. Mariana sentiu-se um pouco atordoada, como sempre lhe acontecia. A uniformidade e a placidez, que eram o fundo do seu caráter e da sua vida, receberam daquela agitação os repelões de costume. Ela mal podia andar por entre os grupos, menos ainda sabia onde fixasse os olhos, tal era a confusão das gentes, tal era a variedade das lojas. Conchegava-se muito à amiga, e, sem reparar que tinham passado a casa do dentista, ia ansiosa de lá entrar. Era um repouso; era alguma coisa melhor do que o tumulto.

– Esta Rua do Ouvidor! – ia dizendo.

– Sim? – respondia Sofia, voltando a cabeça para ela e os olhos para um rapaz que estava na outra calçada.

Sofia, prática daqueles mares, transpunha, rasgava ou contornava as gentes com muita perícia e tranquilidade. A figura impunha; os que a conheciam gostavam de vê-la outra vez; os que não a conheciam paravam ou voltavam-se para admirar-lhe o garbo. E a boa senhora, cheia de caridade, derramava os olhos à direita e à esquerda, sem grande escândalo, porque Mariana servia a coonestar os movimentos. Nada dizia seguidamente; parece até que mal ouvia as respostas da outra, mas falava de tudo, de outras damas, que iam ou vinham, de uma loja, de um chapéu... Justamente os chapéus – de senhora ou de homem – abundavam naquela primeira hora da Rua do Ouvidor.

– Olha este – dizia-lhe Sofia.

E Mariana acudia a vê-los, femininos ou masculinos, sem saber onde ficar, porque os demônios dos chapéus sucediam-se como num caleidoscópio. Onde era o dentista? Perguntava ela à amiga. Sofia só à segunda vez lhe respondeu que tinham passado a casa; mas já agora iriam até ao fim da rua; voltariam depois. Voltaram finalmente.

– Uf! – respirou Mariana entrando no corredor.

– Que é, meu Deus? Ora você! Parece da roça.

A sala do dentista tinha já algumas freguesas. Mariana não achou entre elas uma só cara conhecida, e para fugir ao exame das pessoas estranhas, foi para a janela. Da janela podia gozar a rua, sem atropelo. Recostou-se; Sofia veio ter com ela. Alguns chapéus masculinos, parados, começaram a fitá-las; outros, passando, faziam a mesma coisa. Mariana aborreceu-se da insistência; mas, notando que fitavam principalmente a amiga, dissolveu-se-lhe o tédio numa espécie de inveja. Sofia, entretanto, contava-lhe a história de alguns chapéus – ou, mais corretamente, as aventuras. Um deles merecia os pensamentos de Fulana; outro andava derretido por Sicrana, e ela por ele, tanto que eram certos na Rua do Ouvidor às quartas e sábados, entre duas e três horas. Mariana ouvia aturdida. Na verdade o chapéu era bonito, trazia uma linda gravata, e possuía um ar entre elegante e pelintra, mas...

– Não juro, ouviu? – replicava a outra, mas é o que se diz.

Mariana fitou pensativa o chapéu denunciado. Havia agora mais três, de igual porte e graça, e provavelmente os quatro falavam delas, e falavam bem. Mariana enrubesceu muito, voltou a cabeça para o outro lado, tornou logo à primeira atitude, e afinal entrou. Entrando, viu na sala duas senhoras recém-chegadas, e com elas um rapaz que se levantou prontamente e veio cumprimentá-la com muita cerimônia. Era o seu primeiro namorado.

Este primeiro namorado devia ter agora trinta e três anos. Andara por fora, na roça, na Europa, e afinal na presidência de uma província do Sul. Era mediano de estatura, pálido, barba inteira e rara, e muito apertado na roupa. Tinha na mão um chapéu novo, alto, preto, grave, presidencial, administrativo, um chapéu adequado à pessoa e às ambições. Mariana, entretanto, mal pôde vê-lo. Tão confusa ficou, tão desorientada com a presença de um homem que conhecera em especiais circunstâncias, e a quem não vira desde 1877, que não pôde reparar em nada. Estendeu-lhe os dedos, parece mesmo que murmurou uma resposta qualquer, e ia tornar à janela, quando a amiga saiu dali.

Sofia conhecia também o recém-chegado. Trocaram algumas palavras. Mariana, impaciente, perguntou-lhe ao ouvido se não era melhor adiar os dentes para outro dia; mas a amiga disse-lhe que não; negócio de meia hora a três quartos. Mariana sentia-se opressa: a presença de um tal homem atava-lhe os sentidos, lançava-a na luta e na confusão. Tudo culpa do marido. Se ele não teimasse e não caçoasse com ela, ainda em cima, não aconteceria nada. E Mariana, pensando assim, jurava tirar uma desforra. De memória contemplava a casa, tão sossegada, tão bonitinha, onde podia estar agora, como de costume, sem os safanões da rua, sem a dependência da amiga.

– Mariana – disse-lhe esta – o Dr. Viçoso teima que está muito magro. Você não acha que está mais gordo do que no ano passado... Não se lembra dele no ano passado?

Dr. Viçoso era o próprio namorado antigo, que palestrava com Sofia, olhando muitas vezes para Mariana. Esta respondeu negativamente. Ele aproveitou a fresta para puxá-la à conversação; disse que, na verdade, não a vira desde alguns anos. E sublinhava o dito com um certo olhar triste e profundo. Depois abriu o estojo dos assuntos, sacou para fora o teatro lírico. Que tal achavam a companhia? Na opinião dele era excelente, menos o barítono; o barítono parecia-lhe cansado. Sofia protestou contra o cansaço do barítono, mas ele insistiu, acrescentando que, em Londres, onde o ouvira pela primeira vez, já lhe parecera a mesma coisa. As damas, sim, senhora; tanto a soprano como a contralto eram de primeira ordem. E falou das óperas, citava os trechos, elogiou a orquestra, principalmente nos *Huguenotes*... Tinha visto Mariana na última noite, no quarto ou quinto camarote da esquerda, não era verdade?

– Fomos – murmurou ela, acentuando bem o plural.

– No Cassino é que a não tenho visto – continuou ele.

– Está ficando um bicho do mato – acudiu Sofia rindo.

Viçoso gostara muito do último baile, e desfiou as suas recordações; Sofia fez o mesmo às dela. As melhores *toilettes* foram descritas por ambos com muita particularidade; depois vieram as pessoas, os caracteres, dois ou três picos de malícia, mas tão anódina, que não fez mal a ninguém. Mariana ouvia-os sem interesse; duas ou três vezes chegou a levantar-se e ir à janela; mas os chapéus eram tantos e tão curiosos, que ela voltava a sentar-se. Interiormente, disse alguns nomes feios à amiga; não os ponho aqui por não serem necessários, e, aliás, seria de mau gosto desvendar o que esta moça pôde pensar da outra durante alguns minutos de irritação.

– E as corridas do Jockey Club? – perguntou o ex-presidente.

Mariana continuava a abanar a cabeça. Não tinha ido às corridas naquele ano. Pois perdera muito, a penúltima, principalmente; esteve animadíssima, e os cavalos eram de primeira ordem. As de Epsom, que ele vira quando esteve em Inglaterra, não eram melhores do que a penúltima do Prado Fluminense. E Sofia dizia que sim, que realmente a penúltima corrida honrava o Jockey Club. Confessou que gostava muito; dava emoções fortes. A conversação descambou em dois concertos daquela semana; depois tomou a barca, subiu a serra e foi a Petrópolis, onde dois diplomatas lhe fizeram as despesas da estada. Como falassem da esposa de um ministro, Sofia lembrou-se de ser agradável ao ex-presidente, declarando-lhe que era preciso casar também porque em breve estaria no ministério. Viçoso teve um estremeção de prazer, e sorriu, e protestou que não; depois, com os olhos em Mariana, disse que provavelmente não casaria nunca... Mariana enrubesceu muito e levantou-se.

– Você está com muita pressa – disse-lhe Sofia. – Quantas são? – continuou voltando-se para Viçoso.

– Perto de três! – exclamou ele.

Era tarde; tinha de ir à Câmara dos Deputados. Foi falar às duas senhoras, que acompanhara, e que eram primas suas, e despediu-se; vinha despedir-se das outras, mas Sofia declarou que sairia também. Já agora não esperava mais. A verdade é que a ideia de ir à Câmara dos Deputados começara a faiscar-lhe na cabeça.

– Vamos à Câmara? – propôs ela à outra.

– Não, não – disse Mariana –; não posso, estou muito cansada.

– Vamos, um bocadinho só; eu também estou muito cansada...

Mariana teimou ainda um pouco; mas teimar contra Sofia – a pomba discutindo com o gavião – era realmente insensatez. Não teve remédio, foi. A rua estava agora mais agitada, as gentes iam e vinham por ambas as calçadas, e complicavam-se no cruzamento das ruas. De mais a mais, o obsequioso ex-presidente flanqueava as duas damas, tendo-se oferecido para arranjar-lhes uma tribuna.

A alma de Mariana sentia-se cada vez mais dilacerada de toda essa confusão de coisas. Perdera o interesse da primeira hora; e o despeito, que lhe dera forças para um voo audaz e fugidio, começava a afrouxar as asas, ou afrouxara-as inteiramente. E outra vez recordava a casa, tão quieta, com todas as coisas nos seus lugares, metódicas, respeitosas umas com as outras, fazendo-se tudo sem atropelo, e, principalmente, sem mudança imprevista. E a alma batia o pé raivosa... Não ouvia nada do que o Viçoso ia dizendo, conquanto ele falasse alto, e muitas coisas fossem ditas para ela. Não ouvia, não queria ouvir nada. Só pedia a Deus que as horas andassem depressa. Chegaram à Câmara e foram para uma tribuna. O rumor das saias chamou a atenção de uns vinte deputados, que restavam, escutando um discurso de orçamento. Tão depressa o Viçoso pediu licença e saiu, Mariana disse rapidamente à amiga que não lhe fizesse outra.

– Que outra? – perguntou Sofia.

– Não me pregue outra peça como esta de andar de um lugar para outro feito maluca. Que tenho eu com a Câmara? Que me importam discursos que não entendo?

Sofia sorriu, agitou o leque e recebeu em cheio o olhar de um dos secretários. Muitos eram os olhos que a fitavam quando ela ia à Câmara, mas os do tal secretário tinham uma expressão mais especial, cálida e súplice. Entende-se, pois, que ela não o recebeu de supetão; pode mesmo entender-se que o procurou curiosa. Enquanto acolhia esse olhar legislativo ia respondendo à amiga, com brandura, que a culpa era dela, e que a sua intenção era boa, era restituir-lhe a posse de si mesma.

– Mas, se você acha que a aborreço não venha mais comigo – concluiu Sofia.

E, inclinando-se um pouco:

– Olha o Ministro da Justiça.

Mariana não teve remédio senão ver o Ministro da Justiça. Este aguentava o discurso do orador, um governista, que provava a conveniência dos tribunais correcionais, e, incidentemente, compendiava a antiga legislação colonial. Nenhum aparte; um silêncio resignado, polido, discreto e cauteloso. Mariana passeava os olhos de um lado para outro, sem interesse; Sofia dizia-lhe muitas coisas, para dar saída a uma porção de gestos graciosos. No fim de quinze minutos agitou-se a Câmara, graças a uma expressão do orador e uma réplica da oposição. Trocaram-se apartes, os segundos mais bravos que os primeiros, e seguiu-se um tumulto, que durou perto de um quarto de hora.

Esta diversão não o foi para Mariana, cujo espírito plácido e uniforme ficou atarantado no meio de tanta e tão inesperada agitação. Ela chegou a levantar-se para sair; mas, sentou-se outra vez. Já agora estava disposta a ir ao fim, arrependida e resoluta a chorar só consigo as suas mágoas conjugais. A dúvida começou mesmo a entrar nela. Tinha razão no pedido ao marido; mas era caso de doer-se tanto? era razoável o espalhafato? Certamente que as ironias dele foram cruéis; mas, em suma, era a primeira vez que ela lhe batera o pé, e, naturalmente, a novidade irritou-o. De qualquer modo, porém, fora um erro ir revelar tudo à amiga. Sofia iria talvez contá-lo a outras... Esta ideia trouxe um calafrio a Mariana; a indiscrição da amiga era certa; tinha-lhe ouvido uma porção de histórias de chapéus masculinos e femininos, coisa mais grave do que uma simples briga de casados. Mariana sentiu necessidade de lisonjeá-la, e cobriu a sua impaciência e zanga com uma máscara de docilidade hipócrita. Começou a sorrir também, a fazer algumas observações, a respeito de um ou outro deputado, e assim chegaram ao fim do discurso e da sessão.

Eram quatro horas dadas. Toca a recolher, disse Sofia; e Mariana concordou que sim, mas sem impaciência, e ambas tornaram a subir a Rua do Ouvidor. A rua, a entrada no *bond* completaram a fadiga do espírito de Mariana, que afinal respirou quando viu que ia caminho de casa. Pouco antes de apear-se a outra, pediu-lhe que guardasse segredo sobre o que lhe contara; Sofia prometeu que sim.

Mariana respirou. A rola estava livre do gavião. Levava a alma doente dos encontrões, vertiginosa da diversidade de coisas e pessoas. Tinha necessidade de equilíbrio e saúde. A casa estava perto; à medida que ia vendo as outras casas e chácaras próximas, Mariana sentia-se restituída a si mesma. Chegou finalmente; entrou no jardim, respirou. Era aquele o seu mundo; menos um vaso, que o jardineiro trocara de lugar.

– João, bota este vaso onde estava antes – disse ela.

Tudo o mais estava em ordem, a sala de entrada, a de visitas; a de jantar, os seus quartos, tudo. Mariana sentou-se primeiro, em diferentes lugares, olhando bem para todas as coisas, tão quietas e ordenadas. Depois de uma manhã inteira de perturbação e variedade, a monotonia trazia-lhe um grande bem, e nunca lhe pareceu tão deliciosa. Na verdade, fizera mal... Quis recapitular os sucessos e não pôde; a alma espreguiçava-se toda naquela uniformidade caseira. Quando muito, pensou na figura do Viçoso, que achava agora ridícula, e era injustiça. Despiu-se lentamente, com amor, indo certeira a cada objeto. Uma vez despida, pensou outra vez na briga com o marido. Achou que, bem pesadas as coisas, a principal culpa era dela. Que diabo de teima por causa de um chapéu, que o marido usara há tantos anos? Também o pai era exigente demais.

"Vou ver a cara com que ele vem", pensou ela.

Eram cinco e meia; não tardaria muito. Mariana foi à sala da frente, espiou pela vidraça, prestou o ouvido ao *bond*, e nada. Sentou-se ali mesmo com o *Ivanhoé* nas palmas, querendo ler e não lendo nada. Os olhos iam até o fim da página, e tornavam ao princípio, em primeiro lugar, porque não apanhavam o sentido, em segundo lugar, porque uma ou outra vez desviavam-se para saborear a correção das cortinas ou qualquer outra feição particular da sala. Santa monotonia, tu a acalentavas no teu regaço eterno.

Enfim, parou um *bond*; apeou-se o marido; rangeu a porta de ferro do jardim. Mariana foi à vidraça, e espiou. Conrado entrava lentamente, olhando para a direita e a esquerda, com o chapéu na cabeça, não o famoso chapéu do costume, porém outro, o que a mulher lhe tinha pedido de manhã. O espírito de Mariana recebeu um choque violento, igual ao que lhe dera o vaso do jardim trocado – ou ao que lhe daria uma lauda de Voltaire entre as folhas da *Moreninha* ou de *Ivanhoé*... Era a nota desigual no meio da harmoniosa sonata da vida. Não, não podia ser esse chapéu. Realmente, que mania a dela exigir que ele deixasse o outro que lhe ficava tão bem? E que não fosse o mais próprio, era o de longos anos; era o que quadrava à fisionomia do marido... Conrado entrou por uma porta lateral. Mariana recebeu-o nos braços.

– Então, passou? – perguntou ele, enfim, cingindo-lhe a cintura.

– Escuta uma coisa – respondeu ela com uma carícia divina – bota fora esse; antes o outro.

COLEÇÃO 64 PÁGINAS

120 tirinhas da Turma da Mônica – Mauricio de Sousa
Antologia poética – Fernando Pessoa
A aventura de um cliente ilustre seguido de *O último adeus de Sherlock Holmes* – Sir Arthur Conan Doyle
Cenas de Nova York e outras viagens – Jack Kerouac
A corista e outras histórias – Anton Tchékhov
O corno de si mesmo & outras historietas – Marquês de Sade
Da felicidade seguido de *Da vida retirada* – Sêneca
O diabo – Leon Tolstói
Fábulas chinesas – Sérgio Capparelli e Márcia Schmaltz
A fugitiva – Anaïs Nin
O gato do Brasil e outras histórias de terror e suspense – Sir Arthur Conan Doyle
As grandes histórias da mitologia greco-romana – A. S. Franchini
O horror em Red Hook e outras histórias – H. P. Lovecraft
Missa do Galo e outros contos – Machado de Assis
O mistério de Marie Rogêt – Edgar Allan Poe
A mulher mais linda da cidade – Charles Bukowski
Noite em claro – Martha Medeiros
A obra-prima ignorada seguido de *Um episódio durante o Terror* – Balzac
O retrato – Nicolai Gogol